영원한 선물

전수일
중편소설

청어

영원한 선물

전수일 중편소설

아파트 숲속으로
고향이 사라져간다.

키 큰 소나무가 어깨동무한 마을
개울 끝에는 돌다리 갈림길

우정과 사랑의 경계도 없이
함께 뛰놀던 골목길
파도를 헤치던 바닷가
무지개를 잡으려 달리던 들판

이제 다시 돌아갈 수 없는
고향, 추억

버리지 못한 원고처럼
추억의 뒤안길에서
소리 죽여 친구들을 불러본다.

서옥아! 주수야!
(표정은 살았건만 목소리가 들리지 않네)

거스를 수 없는 시간 속에서
세상이 나에게 준
'영원한 선물'은 무엇인가?

우정을 승화시켜
고향을 그리워하는 친구들에게
이 책을 선물한다.

역병에 숨어 한 해를 보내면서
2020, 동지

차례

작가의 말   4

1. 매립지   9

2. 보리밭   39

3. 기도의 끝   60

4. 영원한 선물   79

5. 원두막   110

6. 죽음의 순서   139

7. 무심천   162

8. 피할 수 없는 선택   180

9. 기도하는 여인   203

10. 고향의 달빛   220

1. 매립지

설날 아침이다.

차례를 지낸 후 강주수는 매립지 해안도로 끝에 섰다. 돝섬에서 파도가 밀려온다. 밀려 온 파도가 방파제에 부닥쳐 물보라를 일으킨다. 물보라를 맞으며 강주수는 긴 숨을 몰아쉬었다. 돝섬이 다가올 듯 파도에 흔들린다. 어젯밤 일이 머리에서 사라지지 않는다.

"강사장, 나다. 서대길이다. 니 돈은 꼭 갚을게, 정말이다. 니 돈은 내가 꼭 갚을 끼다."

(1)

서대길은 강주수와 동업자다.

엄밀하게 말하면 직원에서 억지로 동업자가 되었다.

육 년 전, 강주수는 댓거리 매립지 시외버스터미널 근처에 화공약품상을 차렸다. 상호는 강청화공이다. 자식 둘을 돌보기 위해 공무원 생활을 그만두고 장사를 시작했다.

서툰 장사 실력에도 많은 매출을 올렸지만 강주수는 기대만큼 수익을 남기지 못했다. 장부상으로 흑자인데도 월말이 되면 집으로 가져갈 돈이 없다. 근처 화공업계에서는 장사 잘한다고 소문이 났다. 그러나 강주수는 어음이나 미수금의 생리도 잘 몰랐다.

매립지에는 해안도로가 완성되기도 전에 빌딩들이 들어섰다. 3년이 못 되어 강청화공 건물 옆 빈터도 건물로 채워졌다. 강청화공 사무실도 식당과 여관 등으로 둘러싸인 번화가가 되었다. 화공약품 상점 위치로는 어색했다. 강주수는 사무실 자리를 바닷가 쪽으로 옮겼다. 건물이 살짝 기운 일 층짜리 복덕방이다. 커다란 '복덕방' 간판은 두 개나 붙어있다. 복덕방 주위에는 무허가 자동차 수리점 두 곳과 빈터가 아직 남아있다.

강주수가 서대길을 만난 것은 사무실을 복덕방 자리로 옮길 무렵이다.

강주수가 퇴근 시간에 22층 주상복합건물 뒤편 부채꼴 모양의 빈터를 지났다. 강주수의 집은 매립지 끝 까치산 위의 무궁화 아파트이다. 강청화공 사무실에서 10분 정도의 거리이다. 강주수는 산 위의 아파트를 바라보며 콧노래를 불렀다. 달려드는 석양의 산그늘에 네온사인들이 옆집에 뒤질세라 불을 밝혀댄다.

부채꼴 모양의 빈터에 단층 건물 기초공사를 하는 세 사람이 허리를 굽혀 작업한다. 그 길은 인도가 없어 강주수는 한 걸음 비켜나 길 안쪽으로 걸었다. 공사 현장은 불이 없다. 서로의 몸체가 어둠 속에서 구분이 안 된다. 강주수는 조금 빠르게 걸었다.

"저 모르겠습니까?"

빈터 모퉁이에서 작업하던 인부 한 사람이 일어서서 강주수를 응시하며 인사했다. 강주수가 얼굴을 내밀며 인사한 인부를 바라봤다. 인부의 얼굴은 햇볕에 그을린 듯 검고, 건물 그늘에 어둠까지 겹쳐 강주수는 고개를 갸우뚱거렸다.

"누─구─십니까?"

강주수의 말투에 인사한 인부는 방금 전 보다 목소리가 또렷해졌다.

"고성 석하 초소에 근무하던…"

강주수가 빠르게 반응했다.

"그럼, 전투경찰?"

인부가 허리를 세우고 손을 내저었다.

"아닙니다. 그때 근무했던 방위병 서대길입니다."

'방위병 서대길'

강주수가 삼천포 전투경찰 중대의 끝 초소인 고성 석하 초소에 근무할 때 만났던 사람이다. 그때 강주수는 중고참이었다.

해안 초소 전투경찰과 지역 방위병의 임무는 해안선 방어였다. 전투경찰 대원은 낮에 해안 초소에서 휴식과 전투 준비를 하고 밤에는 방위병과 함께 지정된 매복호에 투입된다. 멀리 있는 매복호는 초소에서 이십 리나 떨어진 곳도 있다. 해안선 굴곡이 심한 곳은 만조가 되면 매복호 위치가 섬이 되기도 한다.

근무조 편성은 전투경찰 1명에 방위병 1명 또는 2명이 한 조가 된다. 야간에만 근무하는 방위병은 2개 조로 나누어 하루걸러 근무지인 초소에 출근했다. 그때 석하 초소의 방위병들은 학력이 좋았다. 대부분 고등학교를 졸업하였으며 신체도 건장하였다. 나이도 강주수와 동갑내기가 많았다. 앳된 얼굴을 가진 서대길도 강주수와 동갑내기다. 서대길의 집안 형편은 넉넉지 못 한 것으로 강주수는 기억하며 아버지가 광산에 일하려 나간다고 들었다.

두 사람이 같은 조가 된 날 저녁, 서대길이 주머니에서 '은하수' 담배를 꺼내 피웠다. '은하수'는 '거북선'과 함께 그때 가장 비싼 220원짜리 담배이다.

"니 – 담배 좋은 거 피우네?"

강주수가 농담을 건네자 서대길이 재빨리 한 손을 윗옷 주머니로 가져갔다.

"한 개비 드릴까요?"

서대길이 대뜸 담뱃갑을 꺼내 들며 대답했다.

"아니– 그냥 해 본 소리다."

강주수가 목소리를 낮추며 고개를 돌렸다.

"괜찮습니다. 피우십시오."

서대길은 담뱃갑에서 한 개비를 톡톡 쳐올리며 강주수에게 적극적으로 담배 피우기를 권했다.

"그런데 느그들, 그런 비싼 담배 피우고, 차비들이고, 근무 마치고 한잔하고 그러면 돈 많이 들겠다?"

강주수가 심드렁하게 말을 내뱉었다. 서대길이 빠르게 대답한다.

"예! 그렇다고 혼자 빠질 수도 없고…"

서대길의 대답에 강주수가 거칠게 소리쳤다.

"얌마, 그래도 돈 없으면 없는 대로 살고 그래야지, 뭐가 그리 잘 났다고 '은하수' 척척 물고 다니면서 부모님 고생시키냐?"

그날 이후 서대길은 '은하수'보다 값싼 150원짜리 '청자'를 주머니에 넣고 다녔다. 벌써 20년이 지났다. 강주수는 서대길에 대한 인상을 나쁘게 생각하지 않았다.

한 달 후

"강사장님, 나 좀 살려주소."

서대길이 이십 년 풍상에 두꺼워진 얼굴로 강주수에게 하소연했다. 서대길의 가쁜 숨소리가 열 평 사무실을 채운다. 옛 생각을 하는지, 서대길의 마음을 헤아리는지 강주수는 말이 없다.

"내가 월급 주면서 사람을 쓸 형편이 못 된다."

강주수의 부정적인 대답에도 서대길의 얼굴이 밝아졌다.

"이익이 있을 때만 일당을 받아도 좋으니 일만 시켜주소, 강사장님."

서대길이 막무가내로 강주수에게 취직을 부탁했다. 강주수도 서대길의 부탁을 딱 부러지게 거절하지 못하고 말았다. 서대길은 강주수 몰래 강청화공 사무실을 드나들며 하나뿐인 직원이 고향으로 돌아간다는 사실을 알고 있었다.

(2)

　강청화공의 동업자는 한 명 더 있다.

　강주수의 대학 동창생 이재동이다. 이재동은 제약회사 영업을 하다 강주수에게 왔다.

　"나 좀 도와줘, 나 그만뒀어."

　이재동이 제약회사 영업사원의 어려움과 자신의 노력을 애원하듯 변명했다.

　"나 열심히 했어, 너도 내 성격 알잖아?"

　강주수는 이재동의 부탁을 거절하지 못했다.

　이재동은 거창의 가난하고 부지런한 농부의 셋째 아들로 태어났다. 깔끔한 용모만큼이나 행동도 반듯했다. 대학 2학년 때, 같이 하숙한 강주수에게 이재동이 두렵게 뱉은 자신의 사주팔자 이야기다.

　"나는 인생에 2번의 단절이 있다고 해."

　그때 강주수는 이재동에게 신앙에 대한 믿음을 가지면 해결할 수 있다고 대답했다.

강주수는 이재동을 말없이 바라봤다. 일 년 전 서대길이 찾아와 취직을 부탁할 때의 모습과 같은 눈빛이다. 강주수는 사무실 문을 일찍 닫았다. 이십 년 만에 만난 친구와 술 한잔하기 위해서다. 이재동은 대학 시절 막걸리를 즐겨 마셨다. 주량도 만만치 않았다.

두 사람은 시외버스터미널 건너 지하 1층 '천지회관'으로 들어갔다. '천지회관'은 강주수가 무궁화 아파트 주민들과 두어 번 와 본 술집이다. 크리스마스를 지나서 그런지 손님은 많지 않다. 두 사람은 무대 가까운 벽 쪽 테이블 의자를 끌어당겼다. 노래 반주도 없는 홀에 오색 조명등만 돌아간다.

이재동은 술을 마시지도 않고 강주수만 바라본다. 술잔을 감싸 쥐고 이재동이 무어라 말하려고 망설이는 사이 강주수가 언성을 높였다.

"월급 받는 게 얼마나 행복한 일인데, 감히 직장을 그만둔단 말이고?"

이재동의 성격을 강주수도 잘 안다. 심지가 굳고 성실한 인간형이다. 그래도 강주수는 이해할 수 없다는 듯 이재동을 나무랐다.

"열심히 사는 것은 기본이야, 그게 자랑이 될 수 없어. 서로에게 이익은 못 주더라도 최소한 남에게 피해는 주지 않고 살아야 돼."

강주수의 나무람에 이재동이 무엇인가 설명하려다가 입을 다물었다. 자신의 흥분된 목소리에 대꾸도 없이 눈빛만 쏘아대는 이재동을 강주수가 차분해지며 물었다.

"그래 이제부터 어떻게 할 건데?"

이재동이 미소를 지으며 기다렸다는 듯 재빨리 대답했다.

"니가 도와주면 화공약품 장사 한번 해 보고 싶다."

이재동의 대답에 강주수가 맥주병을 잡아당겼다. 잔을 다 채우지 못한 맥주병을 멀리 밀어놓고 새 병의 맥주를 부어 잔을 채운다. 강주수는 주량이 많지 않다.

"그러면 장사 준비는 돼 있나?"

이재동이 망설임 없이 말한다.

"니가 도와줘야지."

강주수가 얼굴을 내밀고 이재동을 빤히 쳐다본다. 이재동은 눈만 반짝이며 말이 없다.

"운전은 잘하나?"

농담처럼 강주수가 물었다. 이재동이 부끄러운 미소를 짓는다.

"이제 배워야지."

이재동의 대답에 말을 잃은 강주수가 삼킨 맥주의 열기를 가쁘게 호흡하며 내뿜는다.

　잠시 초점을 돌렸던 강주수가 이재동을 가까이 보며 물었다.
"식구들은?"
　숨겼던 물건을 끄집어내듯 이재동의 눈빛이 아래로 번쩍였다.
"거창 처갓집에…."
　이재동의 근무처는 부산이다. 이재동을 바라보던 강주수가 벌떡 일어섰다. 잔에 남은 맥주를 몽땅 들이키고 무대로 올라갔다. 노래를 신청하고 천장을 바라본다. 신청곡은 '굳세어라 금순아'다. 잠시 반주가 멈춰지는가 싶더니 진열장이 넘어져 한꺼번에 그릇이 깨어지는 듯한 노래의 전주가 튀어나오고 통제되지 않은 강주수의 목소리가 지하실을 흔들었다.
"눈-보-라가- 휘날-리는 바람 찬 흥남 부두에- 목-을 놓아-불러-봤다- 찾아-를 봤다."
　이재동은 강주수의 행동을 말없이 바라만 봤다.
　지하 회관을 벗어나는 강주수의 몸은 흔들렸다. 섣달 밤하늘에 무학산 위로 깎여 튕겨 나간 엄지손톱 같은 저녁달이 강주수의 머리 위로 어른거린다.

고정된 월급은 지급되시 않아도 적절한 시기까지 지원으로 채용하겠다고 강주수는 이재동에게 약속했다. 적절한 시기란 이재동이 화공약품상으로 독립하거나 스스로 강청화공을 물러날 때를 말한다.

강주수는 이재동의 개인 생활을 꼬치꼬치 캐묻지 않았지만 이재동은 자신의 아파트가 팔리면 일이 잘 해결될 것이라고 말했다. 부산 영도에 있는 그의 아파트는 13평짜리였다. 아파트 판 돈으로 빚을 갚고 나머지는 그의 아내가 거창읍에서 조그만 옷가게를 차리면 생활이 곧 안정될 것이라고 이재동은 자신 있게 말했다.

(3)

서대길은 신용 불량자다.

7년 전 처남과 함께 운영한 철 구조물 제조 사업이 부도난 뒤 떠돌이 생활을 했다. 서대길은 자신의 이름으로 은행 통장 개설도 못 한다. 집안 살림은 그의 어머니가 하고 있다. 그는 자식이 둘이며 딸은 중학교 졸업반이고, 아들은 중학교

1학년이다. 서대길의 아내는 삼 년 전 가출했다. 강주수는 이 이야기를 그의 어머니와 친구들로부터 들었다.

새로운 일터를 찾은 서대길은 바쁘게 움직였다. 강청화공에 출근한 지 한 달도 못 되어 영업 활동에 자신감을 보였다.

"강사장, 화공약품, 이거 희한한 물건이데?"

서대길의 벌어진 입을 강주수가 무표정하게 바라봤다.

"뭐가 희한해?"

서대길이 눈동자를 동그랗게 만들며 흥분을 감추지 못한다.

"어떤 곳이든 안 쓰이는 데가 없어? 건물이면 건물, 공장이면 공장, 일 년 내내 소모가 되는 물건이던구나!"

서대길의 흥분된 모습에 강주수가 피식 웃는다.

"그래, 팔 곳이 많이 보이더나?"

강주수의 심드렁한 표정에도 서대길은 호기를 부렸다.

"이제까지 몰라서 못 팔았지, 두고 봐라, 삼천포·고성은 내가 다 팔끼다."

서대길의 자신 있는 태도에도 강주수는 불안감을 해소하지 못했다.

서대길이 큰소리 친 뒤 얼마 지나지 않아 삼천포 청결제 거래업체에서 전화가 왔다.

"강사장, 서대길이란 사람, 그 기 직원이지요? 장사 그렇게 하면 서로 망해요."

거래업체 사장은 서대길에 대한 욕지거리를 참고 있었다. 서대길은 강청화공이 청결제 대리점인 점을 내세워 물건 값을 경쟁업체보다 무조건 낮게 판매했다. 거기다가 식품첨가물까지 마구 주문을 받았다. 강주수는 서대길에게 상도의를 지킬 것을 강조했지만 거래업체의 불만은 사라지지 않았다. 강주수는 왠지 불안했다.

그런 강주수의 불안감은 오래가지 않았다. 서대길은 예측 없이 결근하고 대낮에도 술에 취해 나타났다.

"친구야, 내 한잔했다."

동갑내기임을 내세워 강주수에게 반말을 하며 취기를 부렸다. 강주수는 시간이 가면 서대길이 변할 것이라는 기대를 가지고 마음을 억눌렀다.

남해안 수산물은 겨울철이 성수기다.

쥐포, 굴 수확이 모두 이때 이루어진다. 수산물 처리 약품을 팔기 좋은 시기에 고향이 고성인 서대길은 예상 밖의 매출을 올렸다. 삼천포 남일대 해수욕장을 바라보는 언덕배기 쥐포 가공 공장에 한 달 오백만 원 어치의 납품 계약을 한 날이다. 서대길은 거래명세서를 매만지며 강주수를 쳐다봤다.

"고생 많았다. 오늘, 어디 가서 돼지고기 놓고 소주나 한잔 하자."

서대길의 속셈을 알아챈 강주수가 거북한 심기를 누르고 위로했다. 서대길이 웃으며 반응을 보인다.

"돼지고기는 어릴 때 많이 안 묵었나, 이런 날은 소고기 묵자."

겨울이 다 가기도 전에 서대길은 욕심을 드러내기 시작했다. 거래는 항상 자신이 줄 돈을 받을 돈보다 많게 처리했다. 서대길은 자신의 가게를 차릴 새로운 꿈에 부풀었다.

서대길과 이재동은 마주앉는 것을 서로 피했다.

이재동이 운전 교습하러 가고 사무실에 없을 때는 서대길이 강주수에게 붙어 앉는다.

"강사장, 이재동이 그 사람 버리고, 우리 둘이 장사하면 안 되나?"

서대길은 반응 없는 강주수에게 더욱 얼굴을 붙인다.

"강사장은 사무실에 앉아서 기술적인 지시만 알려주고 현장 일은 내가 알아서 다 할 테니까 강사장, 이재동이 그 사람, 사무실에 못 오게 하면 안 될까?"

서대길의 불안한 눈빛이 강주수의 얼굴에 느껴질 정도로 서대길의 마음은 간절하다. 대답 없는 강주수의 눈을 바라보며 서대길이 다시 한번 강주수의 마음을 붙잡고 흔든다.

"강사장, 잘 생각해 봐. 이재동이 그 사람은 우리 사업에 도움 안 된다."

서대길의 바람은 틈만 나면 이어졌다.

"강사장, 우리 둘이 하면 안 될까?"

서대길이 없는 사무실에서 이재동은 강주수에게 강조한다.

"주수 너, 조심해야 돼."

바둑판에서 고개를 빼며 이재동이 흥분을 멈추지 않는다.

"가만히 보니까 서대길이 그거, 아주 나쁜 자식이야."

강주수는 머리를 숙여 바둑판만 바라본다.

"이제 보니까, 남의 돈 가지고 잔치하고 난리야, 지가 무슨 돈이 있어 땅을 사고 그래."

대답이 없는 강주수의 머리를 향해 이재동이 계속해서 목청을 돋운다.

"명심해야 돼, 주수 너, 전부 네 돈이야. 서대길이 믿으면 안 돼?"

이재동의 흥분된 목소리에 강주수는 계가도 없이 바둑판

을 정리했다.

(4)

'동업은 하지 마라.'

장인어른의 충고다. 강주수는 오히려 동업자를 만들고 말았다.

사무실 밖으로 나온 강주수는 자동판매기에서 커피 한 잔을 뽑았다. 자동판매기가 놓인 계단 아래 하수구에서 물이 솟아오른다. 세 계단 중 첫 계단까지 물이 찼다.

"이게 다— 바닷물이라, 매립지 하수구를 통하여 역류하는 기라. 보통 일이 아니라, 이게 바닷물이 고향 찾아오는 걸 막을 수 없는기라."

아직 퇴근하지 않은 옆 가게 자동차 부품 상회의 유사장이 강주수를 보고 출입문을 열고 고개를 내민다. 강주수가 자판기에서 뽑은 커피를 손바닥으로 비바람을 가리며 유사장에게 건넨다. 유사장이 야무진 몸매를 흔들며 강주수 곁으로 다가온다. 유사장의 둘째 아이가 강주수의 큰아이와 초등학교 같은 반이라 그런지 두 사람은 자주 이야기를 나누었다.

하수구를 역류하는 비닷물을 바라보던 유사장이 입맛을 다시며 무학산을 쳐다본다. 유사장은 댓거리 토박이다. 강주수 보다 세 살 많은 용띠이다.

"우리 어릴 때, 까치산 아래까지 바다였을 때…"

유사장은 강주수를 힐끗 쳐다보고 22층 주상복합건물을 바라보다 '쩝' 소리 나게 입맛을 다신다.

"대나무 아닌 갈대 낚싯대에도 한 시간에 너 댓 마리는 거뜬했지."

유사장은 왼손으로 오른 손목 아래를 붙잡으며 낚은 고기의 크기를 강조했다.

"그때는 도다리 천지였다니까?"

유사장의 추억담은 언제나 '도다리 천지였다니까?'로 끝이 났다. 발아래까지 차오르는 바닷물의 역류를 바라보며 유사장은 입맛을 세게 다셨다.

"마누라만 아프지 않으면 나도 돈 많이 벌었을 텐데…"

커피를 마시는 두 사람에게 세찬 비바람이 몰려든다. 종이컵 속의 커피가 소용돌이치며 바닥으로 튀어나온다.

댓거리 매립지는 날로 번창하였다.

강청화공 사무실은 해안도로 어시장 끝으로 밀려났다. 강주수는 강청화공을 분리하기로 마음먹었다.

서대길이 영업을 확장할수록 매입처의 상황을 알 수 없어 힘들었다. 이재동은 말없이 자리만 지키고 있다. 두 사람 나름대로 계산을 하고 있지만 장사에는 도움이 되지 않는다. 두 사람을 통제할 수 없는 것도 강주수의 약점이었다. 강주수는 자신이 물러서고 두 사람이 잘되면 자신에게도 좋은 기회가 있을 것으로 생각했다. 1억 가까운 미수금을 정리하면 2~3년 뒤에 새로운 사업을 시작할 수 있을 것 같았다. 강주수는 아내가 직장에 나가는 것을 위안으로 삼았다.

강청화공은 '청결제' 경남 대리점이다.

'청결제'는 수산물의 신선도를 높여주는 화공약품이다. 삼천포·통영 등지에 고정 판매처를 두고 있다. 성수기인 겨울철에는 한 달 삼천만 원 가까운 매출을 올린다. 강청화공은 한 사람이 운영하기에는 벅차고, 두 사람이 운영하기에는 조금 약하다.

매출이 적은 여름철에 강주수는 강청화공을 두 곳으로 분리하는 결단을 내렸다. 청결제 대리점권은 이재동에게, 삼천포 지역과 통영 일부의 판매권은 서대길이 가지도록 정리했다.

"이제 너희들의 요구대로 되었으니 더 이상 조건 걸지말고 깨끗하게 각자의 길을 가도록 하자."

강주수의 발표에 두 사람은 미소 띤 얼굴로 마주보며 서로의 표정을 살폈다. 강주수가 약속사항을 다시 소리쳤다. 서대길은 거래처 미수금과 자동차 할부금을 육 개월 이내에 강주수에게 지급하고, 이재동은 사무실 전세 임대금과 집기류 비용 일부를 청산하는 날에 영업허가증을 갱신하도록 약속했다. 서대길이 사용하는 1톤 화물차는 강주수 명의로 되어 있다. 이재동이 구입한 1톤 화물차의 보증인도 강주수다. 상호는 모두 강청화공을 쓰기로 고집했다.

창밖에는 바람 소리가 지나가고 빗줄기가 창문을 두드린다. 세 사람은 말이 없다. 유리창을 때리는 빗소리가 아까보다 더 요란하다. 서대길이 얼굴을 부드럽게 만들며 이재동에게 제안을 했다.

"오늘 우리에게 이런 자리를 만들어 준 강사장에게 두 사람이 성의는 표시해야 안 되겠어요?"

이재동이 서대길의 말에 웃음 지으며 큰소리로 대답한다.

"한 달에 이십만 원이면 되겠습니까?"

두 사람은 한 달에 십만 원씩 갹출하여 강사장 용돈으로 주자는 서대길의 제안에 이재동이 무슨 말을 하려다가 찬성을 표시했다. 두 사람은 미소를 감추고 한 사람은 말이 없다. 태풍이 오는지 유리창을 흔드는 바람 소리가 물질을 마치고 하늘을 향해 토하는 해녀의 휘파람 소리 같다.

(5)

강청화공은 강주수가 난생 처음 만든 사업체이다.

화공약품과 정수기를 판매하는 도·소매업이다. 사업이 잘 되면 주식회사로 만들어 아들에게 물려 줄 것이라 다짐했다.

돌려받은 전세금 입금과 통장 정리를 위하여 강주수는 거래 은행으로 갔다. 창구에 '외화예금'이라는 홍보 문구가 있다. 창구 직원에게 '외화예금'을 어떻게 하는지 강주수가 물었다. 창구 아가씨는 한국 돈을 외화로 표시하여 예금하는 것이라고 설명한다. 강주수가 다시 물었다.

"그러면 일반 예금과 차이가 없는 겁니까?"

창구 아가씨는 대답 없이 고개를 끄덕거렸다. 강주수는 국가에 대한 불신감이 들었다. 스스로 정한 원칙을 어떻게 부정하는 행위를 하는가? 강주수는 자동판매기에서 커피 한

잔을 뽑아 대기석에 앉았다.

정부의 형식적이고 비현실적인 일은 화공약품 창고 문제도 마찬가지였다. 강주수는 화공약품 판매업을 하면서 창고 문제로 해마다 시간과 금전을 낭비했다.

처음 허가 시에는 창고 형태가 사무실과 분리 벽을 만들면 되었다. 그러다 해가 바뀌어 분리 벽을 시멘트로 만들어야 했다. 그다음 해에는 사무실과 창고가 별도 분리되어야 한다고 법이 바뀌었다. 그다음 해에는 창고 입구에 수도 시설이 있어야 한다고 바뀌었다. 강주수가 강청화공을 그만두기 이태 전에는 화공약품 판매업의 창고는 공업지역 또는 공업지역에 준하는 곳에 설치하여야 한다고 법이 개정되었다. 법을 지키기 위해 마산·창원의 화공약품 판매업자들은 공업지역에 공동 창고를 만들었다. 강청화공에서 10킬로미터나 떨어진 곳이다. 창고를 만들었지만 넣어 둘 물건이 없다. 결국 공동 관리하던 창고 법인은 적자로 해체되었다.

실질적으로 납품 계약이 이루어지면 계약 물건을 공장에서 바로 발주처까지 운송한다. 강청화공 사무실에는 견본품이나 소량의 약품만 보관한다. 화공약품을 판매하려면 허가용 창고가 있고 실제 사용하는 창고가 따로 있어야 한다. 강주수는 창고 문제로 해마다 백만 원 가량의 경비와 불필요하게 시간을 소모하였다.

　이재동과 서대길은 강주수에게 먼저 전화하는 일이 없다.
　강주수는 오늘도 해안도로 끝 경계석에 앉아 서대길이 넘겨준 약속 어음이 만기일까지 무사하기를 빈다.

　"세월이 약입니다."
　강주수는 병을 얻었다. 과민성 대장증후군이라고 알려주며 단골 의사가 웃는다. 우유와 같은 기름진 음식과 수분이 많은 과일을 삼가고 하루 세끼를 정성스레 먹어도 강주수는 예측할 수 없는 설사를 했다.
　아내와 아이들이 학교로 가면 집안 정리를 하고 강주수는 바닷가로 향했다. 새로운 일과이다. 천천히 걸어서 돌섬이 보이는 해안도로 경계석에 앉아 강주수는 세상을 다시 보았다. 방파제에 부딪치는 파도 소리가 자신을 타이르는 할아버지의 목소리 같다.
　"강사장 용돈으로 한 달에 이십만 원은 줍시다."
　이재동과 서대길이 파안대소하며 약속한 말이다. 그러나 추석이 되어도 두 사람은 강주수에게 양말 한짝 선물하지 않았다.

석 달 만에 강주수는 강청화공을 찾았다.

가로수 은행잎이 물들기 시작한 때이다. 강청화공의 출입문은 빼꼼이 열려있고 이재동은 보이지 않았다. 강주수는 주위를 살피다가 근처 농약상으로 발길을 돌렸다. 농약상은 강청화공 사무실의 집주인이다. 강주수는 강청화공 운영 때 탈취제 거래 관계로 농약상과 친해졌다.

건물 모퉁이를 지나던 강주수에게 낯익은 목소리가 들렸다. 수산물 판매상 사무실이다. 수산물 도매업을 하는 근처 사무실은 아침 경매를 마치면 한산하다. 강주수는 문틈으로 사무실 안을 들여다보았다. 이재동과 여러 사람이 둘러앉아 화투를 치고 있다. 서로가 친근해 보였다. 강주수는 아는 체하지 않고 지나쳤다.

오래간만에 만나는 농약상 사장이 바람 마시는 소리를 내며 두꺼운 두 손으로 강주수의 팔을 붙잡는다. 의자에 앉기도 전에 말문을 연다.

"나도 처음 장사할 때 어려움을 많이 겪어서 강사장 친구인 그― 이 사장인가 하는 사람, 도와주려고 노력했는데, 뭔가 이상해요?"

농약상 사장이 음료수를 강주수에게 권하고 먼저 마신다.

이재동에 관한 이야기다.

"그러니까, 강청화공을 인수하고 얼마 지나지 않아서 전세 계약서를 가져오더니 그걸 담보로 돈을 꾸어달라고 합디다. 그래서 아— 조금 힘들구나, 생각하고 요구대로 해줬어요. 그랬더니 이번에는 세금 계산서를 가져와서 부가세액을 현금으로 바꿔 달래요. 어떡합니까? 내 세입자 부탁인데, 어쩔 수 없지요. 그런데 그게 한두 번으로 그쳤으면 나도 묻어 둘 건데, 심심찮게 그 짓을 요구해요. 강사장은 이 사장이 그런 사람인 줄 몰랐습니까?"

환풍기가 날카롭게 돌아가도 농약 냄새가 만만치 않게 코를 자극한다. 강주수는 대답 없이 앉아 있었다.

설을 열흘 남겨놓고 강주수는 강청화공을 다시 찾았다.

먼발치에서 강청화공의 간판을 바라보아도 강주수는 반가워 웃음이 나왔다. 이재동의 1톤 화물차가 사무실 건너편에 세워져 있다. 화물차의 보증인은 강주수다. 할부금은 아직 끝나지 않았다. 갓 꺼낸 난로 옆에서 마주할 친구를 생각하며 강주수는 달리듯 걸었다. 그러나 활짝 열려야 할 출입문에는 자물쇠가 채워졌다. 강주수는 자물쇠를 당겨보고 또 주위를 둘러보며 이재동을 찾았으나 이재동은 나타나지 않았다.

그날 저녁, 강주수는 청결제 공장 총무부장으로부터 전화를 받았다. 강주수의 응답이 확인되자 총무부장이 비명을 질렀다.

"내 목 떨어졌습니다."

청결제 공장은 마산 봉암 공단에 있다. 총무부장의 흥분된 목소리가 반복되었다.

"이재동인가 하는 새끼 때문에 내 목이 떨어졌단 말입니다."

총무부장은 강주수보다 두 살 아래다. 강주수가 공무원일 때 알게 된 총무부장은 강청화공에 많은 도움을 주었다. 강청화공이 청결제 경남 대리점을 체결하게 된 것도 총무부장의 힘이었다.

커피숍에 마주 앉았지만 강주수는 할 말이 없었다.

"이 개새끼가 말입니다. 밀린 물품 대금을 독촉하니까, 본사에 환심을 사서 시간 좀 벌려고, 내–참 더러워서…"

강주수는 듣기만 했다. 총무부장의 입은 밤새 다물어지지 않을 것 같았다. 청결제 공장의 본사는 서울에 있다.

"이 개새끼 이게, 자기 도와준다고 본사 몰래 비과세 물건 몇 번 거래했더니 그것마저 까발리고, 내가 강사장님과 짜고 공장 물건 도둑질 다 해 처먹었다고 말하더랍니다."

총무부장은 단숨에 물을 들이키고 물 한 잔을 더 부탁했다.

"그런다고 본사에서 넘어갑니까? 안되니까 이 개새끼 이거, 도망쳤습니다."

(6)

한 푼이라도 더 받기 위해 강주수는 삼천포 서대길의 집에 들어앉았다. 설 대목에 벌써 세 번째다.

"이 고비만 넘겨주면 아무 걱정이 없겠는데, 강사장 조금만 참아주라."

서대길이 3개월짜리 어음 한 장을 강주수에게 내민다. 그것도 아까워 만지작거린다.

"IMF가 왔다고 다들 도망갔어, 전날까지 잘 나가던 공장이 다음 날 가보면 통째로 비워있다니까?"

강주수는 서대길의 이야기에 관심이 없다. 서대길이 짧은 침묵을 깼다.

"IMF가 어떻게 왔지?"

강주수는 외화 예금을 설명하는 창구 직원이 떠올랐다. 두 사람은 말없이 바라본다. 둘이 마주 보고 있다고 돈이 생기는 것도 아니다. 강주수는 마산으로 돌아가기 위해 구릿빛

문고리를 다시 잡았다.

　마당 가 장독대 옆에 말라버린 함박꽃 줄기가 서 있다. 어머니가 좋아하는 꽃이라고 서대길이 말했다. 올봄 함박꽃이 필 때 서대길은 강주수를 초청했다. 새집으로 돌아온 아내와 함께 강주수에게 함박웃음을 보냈다.
　"팔 년 만에 온 식구가 모여 아버지 제사를 지냈다. 이게 다 강사장 덕분이다. 강사장, 이 은혜는 잊지 않을게."
　서대길은 새로운 직업에 희망이 가득했다.
　"나도, 이제 사람처럼 한 번 살아 볼란다. 강사장."
　마산으로 돌아가는 강주수의 승용차를 향해 서대길이 두 손을 크게 흔들었다.

　그믐날 입금되어야 할 서대길의 미수금은 입금되지 않았다. 방송을 마친 텔레비전을 대신해 서대길의 전화 음성이 강주수의 귀를 울렸다.
　"니 돈은 꼭 갚을게, 정말이지 니 돈은 꼬-옥 갚을끼다."
　강주수가 말뜻을 확인하려 다급하게 목청을 뽑았다.
　"뭐라꼬?"
　서대길의 전화 목소리는 더 이상 들리지 않는다.

"여보세요? 여보세요!"

강주수는 다시 통화를 시도했지만 전화는 연결되지 않았다. 아닌 밤중에 홍두깨라더니 믿고 싶지 않은 일이, 신문이나 텔레비전에서 나오는 일이 자신의 눈앞에서 벌어진다고 느꼈다.

"서대길이, 이 나쁜 놈…"

분을 삭이지 못하고 강주수는 베란다 문을 잡아당겼다. 밤공기가 살을 찌른다. 강주수는 담배연기를 침이 튀도록 내뱉었다. 서대길의 미수금은 겨우 반 고개를 넘겼다. 잠옷 속으로 들어온 냉기가 가슴이 오그라질 듯 떨린다. 강주수는 밤하늘을 올려다봤다. 이름을 알 수 없는 작은 별들이 흘러내릴 것 같이 반짝인다. 강주수는 두 눈을 감았다.

"서대길이, 이 자식, 이 추운데 어디 가서 사노?"

돌보지 못한 국도변 과수원에도 배꽃이 하얀 이부자리를 펼치듯 피어오른 때, 강주수는 부산지방법원 동부지원에 불려갔다. 이재동의 사기행각과 서대길의 야반도주로 생긴 청결제 공장에 대한 빚 때문이다. 오천만 원의 미수금을 대신 갚아야 한다는 판결이 강주수에게 내려졌다.

(7)

　오늘도 강주수는 해안도로를 거닌다.

　매립지에는 22층짜리 주상복합건물 주위로 하루가 다르게 새 건물들이 몸단장을 한다. 22층 건물 너머로 완성되지 못한 6차선 해안도로에는 파도를 구경하는 자동차들이 겹으로 줄을 섰다.

　15년 전 강주수는 마산으로 이사 왔다. 그때는 해안도로도 없었다. 돌 지난 첫아이를 업은 아내가 무궁화 아파트를 쳐다보며 보름달처럼 웃었다.

　"5년만 살다가 큰 데로 이사 가야지."

　강주수는 빠르게 걸었다. 아내와 함께 15년을 달렸지만 아파트 평수는 한 평도 늘리지 못했다. 그의 보금자리, 무궁화 아파트는 17평이다. 시세는 오천만 원 정도이다.

　돝섬을 떠난 파도가 쉬지 않고 몰려온다. 강주수는 방파제 끝에서 소리쳤다.

　"아내의 월급은 살려야 한다."

　힘껏 뛰면 다다를 수 있을 것 같은 돝섬을 강주수는 하염없이 바라봤다.

아내와 함께 겨우내 긁어모은 돈이 천만 원이다. 빚을 갚기에는 턱없이 모자란다.

봄 햇살이 바다에 반사되어 눈부시다. 오늘도 방파제를 때리는 파도를 바라보다 강주수는 손뼉을 치고 일어섰다. 그리고 밝게 웃었다. 진서옥에게 돈을 빌려야겠다는 생각이 뇌리를 찔렀다. 강주수는 미소를 감출 수 없었다.

진서옥은 고향 친구다. 아니 첫사랑 여인이다. 진서옥의 웃는 모습을 그리며 강주수는 힘차게 일어섰다. 마음은 먼저 진서옥의 품에 안겼다.

2. 보리밭

18년 만에 추위가 온다는 11월 중순의 밤이다.

"논산 훈련소 가는 길은 알고 있나?"

준명이 찬바람을 피하듯 얼굴을 돌리며 묻는다. 주수가 취기에 가쁜 숨을 몰아쉰다.

"대전 시외버스 주차장에 가면 논산 훈련소 가는 사람, 머리 빡빡 깎은 사람들이 줄을 서 있단다."

준명이 걱정되는 듯 주수의 얼굴을 빤히 쳐다보다가 고개를 돌린다.

"날씨가 많이 춥다!"

두 사람과 반 팔 간격으로 떨어져 있던 서옥과 선분도 주수의 얼굴을 바라본다. 주수는 대답이 없다. 주수는 전투경찰에 지원 입대한다. 마을에서 같이 가는 또래가 없다. 네 사람은 말없이 걸었다. 길을 따라 마주치는 바람이 매섭다.

(1)

　준명, 주수, 서옥, 선분은 남해초등학교 동창생이다.
　네 사람은 오늘 주수의 입대 환송연을 위하여 모였다. 모두 심천리에 산다.
　심천리는 남해대교에서 읍으로 가는 마지막 마을이다. 남해대교가 있는 노량에서 읍까지는 사십 리 길이다. 읍에서 심천리까지는 채 오 리도 안 된다. 심천리는 세대수가 이백 호가 넘는다. 일 년 내내 동네에 이바지 없는 날이 없다. 마을은 심천내를 따라 망운산 아래에서 바다 쪽으로 길게 뻗어있다. 바다 건너에는 창선도가 손에 잡힐 듯 자리했다. 읍으로 가는 큰길에는 심천교가 있고 바닷가 옆 마을로 이어지는 작은 길가에는 키 큰 소나무 두 그루가 서 있다.

　네 사람은 조금 전까지 함께 있었던 '사천집'을 뒤돌아봤다. '사천집'의 간판 위로 닭백숙을 찌는 가마솥의 수증기가 아지랑이처럼 솟아오른다. '사천집'은 읍 입구 유림동 고갯마루의 닭백숙집이다. 네 사람이 초등학교 때에도 그 자리에 있었다.

망운산 골바람을 피하려고 서옥과 선분이 옷자락을 여미고 몸을 웅크리며 준명과 주수의 등 뒤에 바짝 붙어 걸었다. 갑자기 준명이 휘파람 소리를 내며 길 등성이 홰나무 아래로 뛰어오른다.

"야아– 여기 앉았다 갈까?"

유림동 고개 홰나무는 초등학교 때 쉬어가는 곳이었다. 홰나무 큰길 위쪽으로는 오동배기 저수지로 가는 길이다. 큰길 아래에는 유림동 저수지가 있었다. 사람들은 오동배기 저수지를 큰 저수지라 불렀다. 오동배기 저수지 옆에는 오동 마을이 있다.

주수도 홰나무 아래에 섰다. 심천리의 불빛이 땅에 심은 듯 반짝인다. 큰길에 가로놓인 심천교는 가로등 빛에 첫 교각이 솟아 보인다. 네 사람은 큰길 너머 불빛 반짝이는 심천리를 바라보며 입김을 불었다.

"추위도 이길 겸 심처이 다리까지 달리기하자."

출발 신호도 없이 준명이 "나 먼저 간다." 하며 소리치고 콧바람을 풍기며 뛰기 시작했다. 순간 네 사람의 발소리와 숨소리가 도로 위에 헝클어진다. 네 사람이 뛰면서 내는 소리가 서로의 귓전에서 멀어지기도 전에 준명과 주수는 헐떡이며 심천교에 섰다. 제일 늦게 도착한 선분이 가슴을 잡고 한숨을 토한다.

"아이고, 무서워."

읍으로 들어오는 막차가 불을 밝히고 네 사람을 휩쓸어갈
듯 달려간다.

심천교를 비추는 가로등 불빛을 받으며 네 사람은 다리 난
간에 나란히 섰다. 다리 아래로 흐르는 물소리는 들리지 않
는다. 바다로 이어진 개울을 따라 좌우로 온통 마늘밭이 펼
쳐져 있다. 들판 끝에는 달빛이 바다에 반사된다. 움직이는
검은 물결 사이로 불빛을 반짝이며 배 한 척이 지나간다. 달
려가는 불빛에 뱃고동이 울리는 것 같다.

(2)

네 사람은 호흡을 가다듬으며 바다와 들판을 바라봤다.

초등학교 때 학교에서 집으로 오는 길에 함께 어깨를 맞대
며 바라봤던 것처럼 모두가 휘파람을 불었다. 창선도 앞바다
를 미끄러지듯 움직이는 불빛을 보고 주수가 소리쳤다.

"꼭 대보름날 횃불 같다!"

준명이 맞장구친다. 주수가 아까보다 더 큰 소리로 말했다.

"그때는 들판이 다ㅡ 보리밭이었어."

창선도 앞바다의 배가 횃불을 든 친구처럼 달려간다.

"언제부터 마늘밭으로 변했지?"

준명이 알 듯 말 듯한 얼굴로 주수를 쳐다봤다.

"초등학교 4학년 때부턴가?"

그때 선분이 가늘고 높은 목소리로 끼어들었다.

"서옥이 심천이로 이사 온 때부터야."

준명이 서옥을 보고 히히덕거리며 맞장구친다.

"그래서 서옥이 욕심쟁이로 소문났구나?"

서옥이 아니라며 준명의 어깨를 친다. 선분이 웃었지만 주수는 선분의 말에 미소를 지었다. 들판 끝과 창선도 사이를 달리던 배의 불빛이 사라지고 없다.

보리밭이 마늘밭으로 바뀌고부터 대보름날 들판을 뛰어다니던 횃불은 없어졌다.

마늘은 보리보다 수익이 많은 작물이다. 그래서 마늘의 싹을 밟으면 주인에게 혼이 났다. 겨울철 놀이터인 보리밭은 없어졌다.

주수가 갑자기 준명에게 소리를 높였다.

"그때, 호준이 변소에 빠진 사건, 기억나나?"

준명에게 질문을 한 주수가 코웃음을 냈다.

"변소에 빠지면 떡 해 주잖아."

주수의 말을 받아 준명이 신기하다며 히죽거렸다. 주수가 그날 밤 이야기에 열을 올린다.

"그날, 대보름날 밤이었어, 읍내 유림동 아이들 달집에 나무를 훔치려 갔다가 들켜서 혼줄 나게 도망치는데, 호준이 열나게 달리다가 숨으려고 헛간인 줄 알고 뛰어든 곳이 그만 변소였어."

주수가 웃음을 감추지 못하고 크게 목청을 올렸다.

"왜, 그때는 변소 뒷부분을 멍석 같은 것으로 막아 놨잖아."

주수의 이야기에 준명이 박자를 맞춘다.

"똥물에 빠진 기분이 어땠을꼬? 히히히."

준명을 쳐다보며 주수가 설명을 계속한다.

"그래도 죽지 않고 살아왔다고 다음날, 호준이 엄마가 친구들 불러놓고 떡 잔치 해줬잖아."

주수의 이야기에 준명이 눈을 크게 뜨며 말을 받았다.

"떡하고 똥하고 무슨 관계가 있지?" 하며 준명이 몸을 비틀며 키득거린다.

네 사람은 추위에도 소름 돋은 얼굴로 다리를 굴리면서 바

다와 들판을 바라보았다. 막차가 끊겼는지 읍내로 들어가는
버스의 불빛이 사라졌다.

선분이 춥다며 빨리 집으로 가자고 재촉한다. 네 사람은
교각을 내려서서 심천리로 향했다. 다리 아래 끝부분에 버드
나무와 벚나무 가지가 어깨동무하듯 엉켜있다. 주수와 준명
의 거친 숨소리가 뒤따라가는 서옥과 선분의 귀까지 들린다.
사이좋게 걷는 두 사람 중 한 사람은 비포장 된 갓길로 밀려
자갈 밟는 소리가 자주 난다. 겹쳐진 가로수 그림자가 앞서
가는 준명과 주수의 모습을 그림자 없이 감쌀 때 갑자기 고
함이 터졌다.

"귀신이다. 귀신!"

서옥이 주수의 등을 치고 주저앉으며 손가락질을 한다.

"저-기, 저기 불, 귀신불?"

선분도 놀란 듯 서옥과 같이 행동했다. 주수와 준명이 멍
한 표정으로 서옥의 손가락 방향을 바라본다.

"어디? 어디 말이고?"

준명이 눈을 동그랗게 키우면서 고개를 내민다.

"저기, 문둥이 집 말이가?"

주수가 걸음을 멈추며 시큰둥하게 반응했다. 길 건너 개
울가 조그만 불빛을 주수가 손으로 가리킨다. 주수와 준명의

행동을 보고 서옥과 선분이 몸을 젖히며 깔깔거린다.

　망운산 끝자락 심천교 개울가 문둥이 집은 네 사람의 초등학교 때도 있었다. 거기에는 키가 큰 거지가 살았다. 문둥이는 아니었지만 아이들은 문둥이라고 불렀다. 어린아이를 잡아간다는 소문이 나서 초등학생들은 언제나 문둥이 집 다리 반대편으로 지나다녔다. 문둥이 집에 거지 엄마와 아들이 살았는지 남자 거지만 살았는지 몰라도 한참 지나서 키 큰 거지는 아이를 업은 여자 거지와 함께 다녔다.
　네 사람은 초등학교 때 키 큰 거지가 가까이 오면 무서워 돌을 던지며 도망쳤다. 그때 키 큰 거지의 아이(아들인지 딸인지 몰라도)도 지금은 청소년이 되었을 것이다.

(3)

　준명과 주수는 술기운에 집으로 가는 길이 흔들렸다. 가로등은 심천 마을까지 세 개 남았다. 심천 마을의 불빛들이 어둠의 베일을 뚫는다. 주수가 비포장면의 자갈을 밟으며 유행가를 불렀다.

"낙엽 지던 그 숲속에- 하-얀 바닷가에- 떨리는 손 잡아
주던 너-"

주수가 가쁜 숨을 몰아쉰다. 세 사람도 함께 노래를 불렀다.

"별빛 같은 눈-망울로 영원-을 약속하며 나를 위해 기도
하던 너-"

주수의 노랫소리가 점점 작아진다. 가늘게 이어지던 서옥
과 선분의 목소리도 사라진다. 심천마을까지 가로등은 한 개
남았다. 두 사람의 비포장도로 밟는 소리와 두 사람의 포장
도로에 신 부딪치는 소리가 어둠 속에서 귓바퀴를 잡아당긴
다. 호흡에 울음이 섞였는지 주수의 거친 숨소리가 세 사람
의 가슴을 쓰리게 한다.

"하천 둑길로 가서 선분이 바래다주고 집으로 가자."

심천리로 가는 마지막 가로등 아래에서 준명이 손짓하며
소리쳤다. 반대하는 사람은 없다. 선분의 집은 마을 끝에 있
다. 선분이 좋아라 하는 마음을 숨기지 않는다.

하천 둑길은 솔아 두 사람이 옆으로 나란히 걸어갈 수 없
다. 준명이 앞장서고 서옥과 선분이 차례로 줄을 잇고 주수
가 뒤따랐다. 둑길 쪽으로 누운 풀을 헤치는 준명이 길게 소
리친다.

"조심해라—이."

준명의 목소리는 옷자락이 풀을 스치는 소리만큼 자주 들렸다.

"여기 구덩이다. 조심해라—이."

준명이 소리치는 곳에서 서옥은 조심조심 걸음을 옮겼다. 낮에 빤히 보이던 길이 밤이라 그런지 네 사람의 생각보다 오래 걸렸다. 마을 끝의 작은 다리를 건너 키 큰 소나무가 내려다보는 갈림길에서 선분이 손을 흔들었다.

"주수야, 잘 갔다 와—."

선분의 애교 어린 목소리로 주수의 입대 환송연은 파장을 알렸다. 키 큰 소나무에 매달린 마을 가로등이 선분의 그림자를 뛰어가는 선분보다 더 앞서게 만든다. 선분의 집은 옆동네 이어리로 가는 길목이다. 선분의 뒷모습이 오빠 선웅과 많이 닮았다.

(4)

선분의 오빠 선웅은 월남 참전 용사이다.

선웅은 주수가 고등학교 1학년 때 월남에 파병되었다. 선

웅은 크지 않은 키에 야위어 보인다. 선분도 그렇다. 선웅은
대학을 중퇴하고 집에 있나. 선분의 집은 어머니, 오빠, 언
니 그리고 선 분, 네 식구다. 아버지는 읍내에서 딴살림을 한
다. 딴살림을 한 지가 오래된다. 선분 아버지의 능력이 좋은
지 작은 집과 사이가 좋다. 다른 사람들 눈에 그렇게 보인다.
자식들도 친형제처럼 지낸다. 선분의 작은 어머니는 읍내에
서 식당 딸린 여관을 운영한다. 제법 큰 여관이다. 작은댁에
는 아들 하나가 있다. 선분의 아버지는 읍내 등기소 옆 대서
소에 다니며 선분은 군청 민원실 계약직 공무원이다.

　-부산항 중앙부두-
　파월장병을 실은 수송선이 출발을 기다리며 연기를 내뿜
는다. 부둣가에는 남자 고등학교 1개교와 여자고등학교 1개
교의 1학년 학생들이 환송식의 시작을 기다리며 줄지어 섰
다. 뱃가죽을 울리는 군악대의 연주 소리는 가랑비 속에서도
끊이지 않는다.
　수송선 갑판 맨 위층에 담배 파이프를 입에 문 백인들이
한쪽 다리를 뱃전에 올려놓고 담배 연기를 흩날린다. 담배
연기를 바라보며 백인 선원들이 웃으며 대화한다. 그들의 숫
자는 다섯 손가락으로 헤아릴 수 있다. 갑판 아래 군악대의

연주 소리는 수송선에 부딪쳐 메아리를 만들고 학생들은 비를 맞으며 환송식 시작을 기다린다.

수송선은 주수가 본 배 중에서 제일 큰 배였다. 마치 여러 개의 건물을 포개어 놓은 듯 높고 길었다. 수송선 중앙 칸의 군인들은 조용히 서 있다. 위 칸의 백인들보다는 숫자가 많다. 차림새가 한국군 장교인 듯하다. 그래도 웃는 얼굴은 없다.

수송선 맨 아래 칸은 시끄럽다. 아들과 남편을 부르는 소리가 빗속을 뚫고 귀에 꽂힌다.

"수호야-"

"여보-"

수송선 뒤 칸에도 장병들이 콩나물시루처럼 실렸다. 모두들 무엇을 찾는 표정이다. 부둣가에서는 부지런히 태극기를 흔들고 군가를 부른다. 갈매기가 춤추고 파도가 노래하는 그런 바닷가의 낭만은 보이지 않는다.

발악하던 군악대가 연주를 멈추었다. 양쪽 어깨에 별을 네 개씩 붙인 군인이 수송선을 향하여 목청을 뽑는다. 그의 목소리에 귀 기울이는 사람은 없다. 누구나 다 아는 소리다.

-세계 평화와, 조국 수호와, 국가 민족을 위하여-

지난번 환송식과 똑같은 내용이다. 부둣가의 사람들은 그의 연설이 어서 끝나기를 바란다.

심벌즈가 찢어지는 소리를 내며 군악대의 연주가 살아나고 뱃고동이 울린다.

-부-우-웅-

수송선 맨 아래 칸의 장병들이 몸부림친다. 모두가 머리를 앞으로 내밀어 부둣가를 향해 부르짖는다.

"엄-마-"

"여-보-"

장병들의 눈 밑에는 바닷물이 눈물처럼 출렁인다. 그때 시루 속 콩나물 대가리 같은 장병들을 헤치고 파도 위로 얼굴을 내미는 눈동자가 있었다. 선분이 오빠, 장선웅이다. 선웅이 부둣가를 두리번거리며 무엇인가 찾았다. 한참을 두리번거리던 눈동자는 목표를 찾지 못한 듯 부둣가보다 더 먼 곳을 바라보았다.

뱃고동이 한 번 더 울리고 수송선은 천천히 물보라를 일으킨다. 맨 아래 칸의 장병들이 부두에 가까운 쪽을 차지하기 위해 뱃전으로 몰려든다. 장병들이 손을 흔든다. 지금 아니면 영원히 흔들지 못할 것처럼 손을 흔든다. 장병들의 흔드는 손이 시루 속 웃자란 콩나물 같다. 선웅이 두 손으로 뱃전을 움켜잡고 바닷물 위로 목을 빼내어 부둣가를 훑는다. 뒷걸음질한 수송선이 수평선을 향해 일직선으로 나아가며 마지막 뱃고동을 울린다. 뱃전을 움켜진 장선웅의 손은 부둣가를 향하여 흔들리지 않았다.

"엄-마-"

일 학기에도 주수는 수송선 부둣가에 섰다. 파월 장병 귀국 환영식이었다. 귀국 환영식은 행사 분위기를 맞추기 위해 많은 수식인이 필요 없다. 귀국 장병이 그리워하는 사람만 있으면 된다.

수송선 하단 뒤 칸의 뱃전에 모인 장병들의 눈은 부둣가의 피켓에 꽂혀있다.

"영식아, 조국이 널 지켰다."

"여보, 사랑해요."

기쁨의 함성은 수송선 뱃전에서 참을 수 없이 폭발한다.

"엄마!"

"여보!"

군악대의 연주 소리와 학생들의 환영식 노래는 한여름의 야전잠바처럼 거추장스럽다. 귀국 수송선의 뱃전에 달라붙은 장병들의 눈동자는 그들의 이름이 적힌 피켓에서 떨어지지 않는다. 환영식만 끝나면 죽도록 부르고 싶었던 이름의 사람과 이제 포옹할 수 있다. 몸부림치며 울 수도 있다.

"여보-"

"엄마-"

출국할 때 뱃전이 넘쳐나게 장병들을 실은 수송선이 돌아온 오늘, 커다란 손아귀에 콩나물이 한껏 뽑혀 나간 콩나물시루처럼 수송선은 헐렁하다. 이국땅에서 한을 풀지 못한 장병들은 누워서 온다. 못질 된 나무틀 속에서 눈을 감고 있다. 일어선 자들은 눈감은 자의 눈물까지 흘리며 몸을 흔든다. 죽은 자의 눈물이 파도가 되어 귀국선을 때린다. 갈매기의 외침은 움직이는 자들의 가슴을 찔러 머리카락을 날카롭게 세운다.

소나기가 내린다. 주수는 지하 차도로 들어갔다. 비를 맞은 여학생들이 머리카락을 털어 말린다. 여학생의 하얀 교복 칼라가 아름답다. 주수는 전쟁터가 생각나고 수송선에서 엄마를 외치는 군인들의 모습이 떠오른다. 나도 스무 살이 되면 군인이 된다. 주수는 지하 차도를 빠져나와 영도다리까지 걸었다.

영도다리 근처 바닷가에 일본식 건물들이 사이좋게 붙어 있다. 건물 앞에는 인간의 운명을 알 수 있다는 간판들이 두 다리를 벌리고 섰다. 주수는 영도다리 난간에 기대었다. 눈을 크게 뜨지 않아도 바다와 하늘을 볼 수 있다. 바다와 하늘

의 색깔은 똑같다. 다리 아래로 지나가는 통통배 소리가 선
웅의 들리지 않은 고함 같다.

선분의 뛰어가는 발소리 끝에 "엄마" 하는 다급한 목소리
가 들린다. 가로등이 매달린 키 큰 소나무에서 솔잎이 보슬
비처럼 떨어진다.

(5)

세 사람은 가로등 빛을 등진 기다란 그림자를 밟으며 집으
로 향했다. 준명과 주수는 서옥을 가운데 두고 수평으로 걸
었다. 세 사람은 천심상회까지 한마디 말도 하지 않았다. 천
심상회는 불이 꺼졌다.

천심상회는 서옥의 집이다. 마을 입구 옛 길가에 있다. 간
이음식점 겸 잡화상점이다.
서옥은 초등학교 4학년 때 심천리로 이사 왔다. 읍내에서
식당을 운영하던 아버지가 도박으로 부도를 낸 해이다. 심천
리는 서옥 어머니의 고향이다. 아버지는 홧병으로 이사 온

지 삼 년 만에 돌아가셨다. 서옥은 오빠와 남동생 둘이 있다. 오빠는 서울에서 대학을 다닌다.

서옥은 천주교 신자다. 초등학교 가기 전에 성당부설 유치원을 다니면서 믿음을 생활화하였다. 홀로 된 어머니와 동생들도 성당에 나간다. 서옥은 한 해 일찍 초등학교에 입학했다. 그러나 체격이 좋아 또래들에게 뒤지지 않았다. 시원스런 용모에 달리기를 잘했다. 초등학교 가을 운동회 때는 반 릴레이 선수로 뽑혀 실력을 과시했다. 성적도 좋아 남학생들에게 인기가 높았다.

천심상회는 방 두 칸에 부엌은 가게와 붙어있다. 부엌 앞 옛 길가에는 평상이 놓여있다.

준명과 주수는 헤어지기 아쉬워 천심상회 평상에 나란히 앉았다. 서옥이 부엌문을 열고 안으로 들어간다. 열린 문이 닫히기도 전에 서옥 어머니의 잠꼬대 같은 꾸지람이 튀어나왔다.

서옥이 깡통맥주 2개와 땅콩과자 한 봉지를 들고나와 준명과 주수에게 건넨다. 두 사람은 땅콩과자 봉지를 사이에 두고 깡통맥주를 마셨다. 서옥은 준명 옆에 각지게 앉았다.

세 사람이 말없이 눈만 깜박거리는 사이 서옥 어머니의 성가신 목소리가 다시 한번 쏟아졌다. 서옥이 숨을 죽이며 두 사람을 번갈아 봤다. 준명과 주수가 동시에 일어선다.

준명의 집은 천심상회에서 심천교 쪽 옛 길가에 있고, 주수의 집은 반대편인 남해대교로 나가는 큰길가 주유소 쪽에 있다. 두 집 모두 천심상회에서 백 걸음도 되지 않는 거리이다.

서옥 어머니의 성가신 목소리가 가라앉자 준명과 주수는 살며시 평상에 다시 앉았다. 맥주를 들이킨 주수의 거친 숨소리가 천심상회의 부엌문을 흔들 듯 가쁘다. 세 사람은 숨을 죽이며 앉아 있었다. 선반에 걸어놓은 빈 냄비가 시멘트 바닥에 떨어지는 듯한 서옥 어머니의 세 번째 꾸지람이 방문을 박차고 쏟아졌다. 서옥은 그 자리에서 일어서고 준명과 주수는 평상에서 두어 걸음 물러섰다.

세 사람은 서로의 얼굴을 쳐다보며 머뭇거렸다. 준명이 고개를 젖혀 맥주깡통을 핥더니 주수에게 잘 갔다 오라는 인사를 하고 손을 흔든다. 주수도 발걸음을 떼었다. 준명이 열 걸음도 못 가서 천심상회를 뒤돌아본다. 서옥은 그 자리에 서 있다. 주수는 뒤돌아보지 않고 주유소 쪽으로 터벅터벅 걸어갔다. 주유소 옆에서 개 짖는 소리가 들리고 서옥이 집 안으로 들어간다. 가로등 아래 밤공기가 눈 내리는 것처럼 뿌옇다.

"서옥아?"

자기 집 대문간에서 서성이던 주수가 천심상회로 다시 돌아오는 데는 채 십분도 걸리지 않았다.

부엌에서 세수를 하던 서옥이 머리에 수건을 쓴 채 얼굴을 내밀었다. 주수가 굳은 표정으로 벽에 붙어있다. 눈동자는 가로등 빛에 번쩍였다. 서옥이 어머니의 기척을 살피며 조심스레 문을 연다. 주수가 서옥의 손을 잡아끈다. 말하지 않아도 느껴지는 연인의 감정에 서옥의 몸이 따라 움직인다.

주수는 키 큰 소나무가 있는 무덤가를 향하여 걸었다. 목표를 찾지 못해 흔들리는 서옥의 왼손을 주수는 자신의 점퍼 오른쪽 주머니에 넣었다. 주수의 팔에 서옥의 가슴이 부딪친다. 서옥이 처음 느끼는 감정이다. 서옥의 가슴이 주수의 몸에서 떨어지지 않는다. 주수가 헛기침을 했다. 두 사람의 몸은 서로 부딪치면서 뜨거워졌다.

키 큰 소나무 아래에는 무덤 2개가 있고 주위는 부잣집 마당만 한 크기의 잔디밭이다. 키 큰 소나무는 세 갈래 길을 내려다보고 있다. 마을길에서 오른쪽으로 난 길은 옆 마을 이어리로 가는 길이다. 아까 선분이가 집으로 뛰어간 길이다.

왼쪽 길은 커다란 정미소가 있는 차산 마을로 가는 길이다. 그 길에는 조그만 돌다리가 놓여있다.

주수는 서옥을 소나무 아래 '벼늘' 옆에 앉혔다. 볏짚으로 지붕을 입혀 만든 낟가리를 남해 사람들은 '벼늘'이라 불렀다. 두 사람은 창선도를 바라보며 마을을 등졌다. 키 큰 소나무에 걸린 가로등도 주수와 서옥을 비추지 않는다.

두 사람이 몸을 움직일 때마다 볏짚 바스락거리는 소리가 놀랍도록 크게 들린다. 주수가 벼늘 가장자리의 짚단을 빼내고 중앙부에 공간을 만들었다. 두 사람은 안으로 들어가 이불을 뒤집어 쓴 것처럼 누웠다. 벼늘 주인이 알면 날벼락이 떨어진다. 속이 빈 벼늘은 무너질 수 있기 때문이다. 무너진 벼늘은 짚단에 물이 들어 썩는다. 두 사람은 어둠 속에서 말이 없다.

벼늘 속은 생각보다 포근하다. 앞바다에서 삐걱거리며 흔들리는 뱃소리가 가깝게 들린다. 주수는 서옥을 향하여 뜨거운 손길을 뻗었다. 두 사람의 눈빛은 자동차 전조등을 바라보는 고양이 눈처럼 번쩍였다. 주수는 서옥의 가슴에 얼굴을 묻었다. 그리고 서옥의 향기를 마셨다.

－쑥 냄새. 심천내를 따라 망운산 골바람에 실려 온 쑥 냄새다. 주수는 쉬지 않고 서옥의 냄새를 들이켰다. 봄볕을

듬뿍 받은 쑥 냄새다. 두 손으로 비벼진 쑥 냄새다. 서옥의 향기가 주수의 가슴에 가득 찬다. -

서옥은 두 눈을 감았다. 주수의 숨소리와 함께 볏짚의 마찰음도 거칠어진다. 주수의 손이 서옥의 본능을 풀어헤친다. 서옥의 입김이 봄날 아침 안개보다 짙어진다. 주수는 격정에 눈이 흐려 우정의 경계를 분간하지 못했다. 흘러내리는 주수의 열정에 서옥은 미소를 지었다. 주수의 숨소리가 뱃고동 소리처럼 귓속에 울린다. 주수의 얼굴이 하늘에 매달려 있다.

우정의 경계가 허물어지는 파열음이 서옥의 입에서 솟아나왔다. 순간 주수는 아무 소리도 들리지 않고 시야의 모든 것이 멈춘 듯 움직이지 않았다. 서로가 표현할 수 없는 감정으로 일치된 후 두 사람의 호흡은 낮고 느리게 제자리를 찾아들었다. 볏짚 부딪치는 소리가 아까보다 부드럽다. 벗겨진 마음의 옷을 추스르며 두 사람은 스스로 경계하는 눈빛을 쏘아냈다.

서옥이 주수의 가슴에 머리를 붙였다. 두 사람은 오랫동안 미루었던 숙제를 끝내고 새로운 숙제를 받은 것처럼 서로의 표정을 곁눈질했다. 키 큰 소나무를 흔드는 바람 소리보다 파도 소리가 더 날카롭게 들린다.

3. 기도의 끝

(1)

'준명의 집은 부자다. 주수의 집과는 비교가 안 된다.'

서옥은 급하게 성호를 그었다. 준명이네는 버스 여객운송
회사와 관광 버스회사를 운영하고 읍내에 건물과 땅을 가진
남해에서 둘째가라면 서러울 정도의 부자다. 심천리 주유소
도 준명의 작은 형님 것이다.

이곳 심천리 준명이네 집은 준명 할아버지가 살았다. 준명
은 어머니가 돌아가신 후에 다시 왔다. 지금은 아버지와 새
어머니와 함께 산다. 준명이 고등학교 1학년 때 옮겨왔다.
읍내 여객운송회사 옆의 큰 집은 큰형님이 산다.

준명은 육남매의 막내다. 서울에서 대학을 다닌다. 형님
둘에 누나가 셋이다. 나이 두 살 많은 셋째 누나는 아직 미혼
이다. 형님은 여객운송회사와 관광회사를 총괄하고 둘째 형

님은 서울과 부산 등지의 여객회사 출장소를 관리한다. 형님들은 서울에도 집을 가지고 있디.

준명은 어머니를 많이 닮았다. 준명 어머니는 준명이 고등학교 1학년 때 돌아가셨다. 오십을 넘기지 못하고 죽었다. 사람들은 준명 어머니가 말 못 할 사연으로 자살했다고 수군거렸다. 준명 아버지는 먹지도 못하는 술을 찾았다. 어머니가 그리워 준명이 자살을 시도하기도 했다. 그런 이후 준명은 혼자 심천교 근처를 헤매곤 하였다.

어머니가 그리워 몸부림치는 막내 준명을 보면 준명 아버지는 밤중에도 천심상회의 문을 두드렸다.

"밤중에 혼자 술을 마시는 것보다 성당에 나가는 게 훨씬 존경받는 일이지요. 회장님."

서옥 어머니는 술안주와 함께 준명 아버지에게 이 말을 빠뜨리지 않았다. 서옥 어머니의 권유와 정성으로 준명 아버지는 해를 넘기지 않고 서옥 어머니를 따라 성당으로 걸음을 옮겼다.

준명은 초등학교 때 얼굴이 하얗고 말이 없었다. 성적도 뛰어난 편은 아니었다.

서옥이 준명과 함께 읍내 성당에 처음 간 때는 고등학교 2

학년 봄이다. 준명의 아버지는 부지런히 성당에 다녔지만 준명을 성당으로 이끌지 못했다. 그러던 그해 4월, 처음으로 맞은 준명 아버지의 부활절 주간에 서옥이 준명의 마음을 믿음으로 이끌었다.

미사를 마친 일요일 정오, 햇빛 사이로 이슬비가 솜털처럼 내렸다. 마치 성냥개비가 바람에 떠다니는 모양이다. 성당 정문을 벗어나자 준명이 두 팔을 벌려 심호흡을 하고 얼굴을 하늘로 향하여 큰 소리로 웃는다. 하기 싫은 숙제를 마치고 이제 마음껏 놀 수 있는 시간을 가진 초등학교 저학년 같은 표정이다. 서옥이 석류빛 양산을 매만지며 앞장섰다. 준명 아버지와 서옥 어머니는 다른 일이 있어 조금 늦는다고 했다. 준명의 걸음걸이가 성당 길 아래 남의 집 지붕을 밟고 날듯이 가볍다.

성당 입구 시멘트 포장된 내리막길이 끝나고 이어진 황톳길이 불규칙하고 미끄럽다. 고르지 않은 지면을 피해 발을 디디는 서옥을 보고 준명이 소리 지른다.

"조심해라-이. 미끄럽-다이."

균형을 잡기 위해 팔을 놀리는 서옥의 몸을 마치 안아 올릴 듯 준명의 두 팔이 허공을 떠받든다. 이슬비가 황톳길을 아직 속 깊이 적시지는 못했다. 황톳길을 벗어난 서옥이 시멘트 도로에 새 구두를 털며 준명을 기다린다. 준명이 황톳길 끝부분을 펄쩍 뛰어 넘어질 듯 서옥에게 가까이 다가온다. 시멘트 벽돌이 오래되어 푸석해진 길 가 집 담장 밖으로 목련이 고개를 내밀었다. 마치 하얀 장갑을 끼고 기도하는 사람의 두 손 같다. 준명은 연신 미소를 지으며 자신의 발걸음을 서옥의 발걸음과 맞추었다. 서옥이 하늘을 쳐다보다 석류빛 양산을 펼친다.

읍 입구 유림동 저수지 고갯길을 오르자 심천리가 한눈에 들어온다. 하늘에 구름 천막이 지나며 들쭉날쭉하는 햇살에 이슬비가 오락가락 한다. 가로수 벚나무의 꽃잎이 햇살에 눈부시다. 서옥이 구두 소리를 내며 아스팔트 위를 걷고 준명이 조금 떨어져 자갈 밟는 소리를 내며 비포장도로를 걸어간다. 청색 원피스에 하얀 벨트를 동여맨 서옥의 모습이 자꾸만 준명의 눈앞을 가린다. 원피스 밖으로 늘어진 목걸이가 준명을 때릴 듯 출렁인다.

심천교를 건너면 온 길보다 갈 길이 더 짧다. 냇가의 버드나무가 벚나무에 질세라 작년보다 몸집을 더 키웠다. 한 줄기 바람이 냇물을 따라 빠르게 지나간다. 구름 천막에 고였던 이슬비가 한꺼번에 쏟아진다. 서옥이 석류빛 양산으로 재빨리 비를 막았다.

"서옥아!"

이때 급하게 서옥을 부른 준명의 머리가 서옥의 양산 속으로 들어왔다. 준명의 거친 입김이 서옥의 목덜미를 자극하나 싶더니 준명이 서옥을 껴안았다. 그 순간 육지 구경을 전혀 하지 않은 남해 말이 준명의 귀를 찔렀다.

"이기- 뭐하는 짓이고? 야-이- 빌어 묵을 자슥아-"

서옥이 비명을 지르며 두 손으로 준명을 밀쳤다. 반사적으로 밀어내는 서옥의 힘에 준명이 비틀거리며 가로수에 부딪쳤다. 그때 서옥의 손을 벗어난 석류빛 양산을 지나던 버스가 바람을 일으키며 앗아간다. 준명이 양산을 잡으려고 몸을 놀렸지만 석류빛 양산은 심천교 난간에 멈출 듯 부딪치며 아래로 굴러갔다. 오가는 버스들이 교차하며 내는 소리와 바람이 세차고 급하다. 두 사람이 무어라 외쳤지만 서로의 말을 알아들을 수 없다. 서옥은 심천리를 향해 종종걸음으로 내닫고 준명은 석류빛 양산을 주우려 심천교 아래로 내려갔다.

다음 날, 물에 빠진 서옥의 석류빛 양산이 곱게 접혀 천심 상회로 돌아왔지만 그 이후 준명과 서옥은 어깨를 나란히 하며 걷는 일이 없어졌다. 어쩌다 서로 마주치면 준명의 장난스런 말투에 서옥이 쏘아대며 지나쳤다.

(2)

떠나는 주수의 뒷모습이 눈에서 사라지지 않는다.

서옥은 한숨을 내쉬며 옛 길가 평상에 앉았다. 평상의 냉기가 머리까지 올라온다. 저 멀리 창선도 앞바다에 배 한 척이 끌려가듯 지나간다. 높은 파도에 물속으로 가라앉을 것 같다. 서옥은 하루 내내 발걸음이 공중을 떠다닌 듯 했다.

석양에 망운산의 그림자가 천심상회를 뒤덮는다. 초겨울의 찬바람이 산 그림자 속으로 파고든다. 앞집 굴뚝에서 짙은 연기가 피어오르고 선분이 퇴근하여 저녁 찬거리를 구하려 천심상회에 들렀다. 탁자에 손지갑을 놓은 선분이 준명과 주수의 안부를 서옥에게 묻고 오빠 얘기를 꺼냈다.

"어젯밤에도 오빠 때문에 잠을 제대로 못 잤어."

말을 마친 선분이 서옥의 눈길을 피한다.

선분의 오빠 선웅은 제대를 한 후 정신이상이 되었다.

어젯밤에도 악몽에 시달려 괴성을 지르며 괴로워했단다. 꿈속에서 전쟁터의 살인 장면이 떠오르면, 그런 행동에 대한 죄책감이 견딜 수 없는 정신적 고통으로 나타난다고 했다.

악몽이 시작되면 선웅은 사나흘 동안 동네를 쏘다녔다. 몽롱한 눈빛으로 술을 찾았다. 그럴 때면 선웅은 틀림없이 천심상회까지 올라온다.

"술 한 잔 먹읍시다."

선웅의 눈빛을 보면서 동네 사람들은 술잔을 건넸다. 선웅은 선 채로 술을 마시고 입 언저리를 훔치며 미소를 짓는다. 한동안 주위를 둘러보다 주인에게 웃으며 다시 말한다.

"한 잔 더 먹읍시다."

선웅은 막걸리를 좋아했다. 막걸리 항아리를 발견하면 발걸음을 멈추었다. 그리고 눈빛을 번득이며 말했다.

"술 한 잔 먹읍시다."

주인의 대답을 기다릴 겨를도 없이 선웅은 바가지로 막걸리를 퍼마셨다. 입맛을 다시며 잠시 먼 곳을 바라보다 반 바가지쯤 더 마시고 미소를 띠며 걸음을 옮겼다. 아는 사람이 인사하면 선웅은 한 손을 치켜들어 답례했다.

읍내에 선웅과 함께 월남전에 참전한 친구 성동이가 있었다. 그 친구는 악몽에 시달리다 올여름에 자신을 사살하고 말았다. 친구의 죽음 이후 선웅은 술을 마시면 심천교까지 걸었다. 심천교 난간에서 망운산과 바다를 둘러보며 한동안 무어라 중얼거린 다음 선웅은 히죽 웃으며 돌아섰다.

술 힝아리를 찾는 선웅의 행동에 마을 사람들은 화내지 않았다. 그러나 선웅이 술 항아리를 찾을수록 선웅 어머니는 옆 마을로 이어진 황톳길을 지나 망운산 화방사를 찾았다. 맑은 날에도 황톳길은 핏빛으로 끈적거리며 선웅 어머니의 발걸음을 붙잡았다. 어머니의 애끓는 기도에도 선웅의 눈길은 먼 하늘을 자주 응시했다.

"우리 오빠에게 화내지 말고 술 드려라. 술값은 내가 갚아 줄게."

선분이 문고리를 잡고 서옥을 바라보다 집으로 갔다. 밤이 깊어가도 서옥은 잠이 오지 않았다. 숨을 들이쉬면 주수의 체취가 느껴진다. 손으로 코와 입을 가리면 주수의 숨소리와 체취가 되살아난다.

(3)

주수는 육남매의 장남이다.

중학교 때부터 객지 공부를 한 주수는 향수병이 들었다.

그건 주수 아버지의 욕심 때문이었다. 아버지의 잘못된 판단으로 주수의 가슴에는 응어리가 생겼다. 그날 밤, 키 큰 소나무 아래 벼늘 속에서 서옥은 그 응어리를 보았다.

부산의 하숙집 여주인과 아버지의 이상한 관계를 목격한 것이다. 하숙집 여주인은 남해 사람이었다. 주수는 벼늘의 짚단이 터지도록 몸을 뒤틀었다. 영원히 하지 말아야 할 이야기를 다 한듯 주수는 후회보다 분개한 눈빛이었다.

초등학교 6년 내내 우등상과 반장을 도맡았던 주수는 예상과 달리 부산의 일류 중학교에 가지 못했다. 주수 아버지는 초등학교 교사이다. 얼굴이 잘생겼으며 좋은 인상을 풍긴다. 그러나 주수 어머니는 성격이 남달라서 동네 사람들의 입에 오르내렸다.

"이, 년 놈들아, 날 죽여라."

주수 어머니가 주수네 옆집 윤 선생 댁 마루에 큰 대 자로 드러누우며 외친 소리다.

윤 선생 식구들은 놀라 마당으로 뛰쳐나왔고 동네 사람들이 골목에서 고개를 내밀며 동정을 살폈다. 학교에서 집으로 막 들어선 주수가 큰 눈을 두리번거리며 어쩔 줄 몰라 했다. 그때가 초등학교 4학년 때였다. 봄인지 가을인지는 기억나지 않으나 어쨌든 여름에 가까운 시기였다.

주수네 집과 윤 선생 집은 꼭 붙어있다. 두 집은 모두 골목에 맞닿은 본채 부분은 시멘트 담으로 되어있으나 앞부분은 시멘트 담이 아니었다. 앞부분은 두 집 다 남새밭으로 사용했다. 시멘트 담이 없는 앞과 옆쪽 경계선은 갈대와 나뭇가지로 엮은 띠를 세웠다. 뿌리를 내리지 못하는 갈대 띠는 조그만 힘에도 흔들렸다. 남새밭 경계 부분은 흙으로 돋우어 갈대 띠가 고정되었으나 마당 터는 갈대 띠가 움직였다. 주수네 집은 윤 선생 집보다 늦게 지었다. 주수 아버지와 윤 선생은 같은 초등학교에 근무하며 나이는 윤 선생이 두 살 많다.

어느 날 주수 어머니가 화장실에서 윤 선생 내외가 대문간에서 속삭이는 소리를 들었다. 윤 선생 집의 대문간 입구 한쪽 벽은 주수네 집 화장실 벽이다. 두 사람의 대화 속에는 주수네 집 이야기도 있었다. 윤 선생의 목소리는 자신의 집 벽에 부딪쳐 메아리를 만들었다. 뚜껑 없는 대롱같이 만들어진 대문간의 시멘트 벽돌에 울리는 40대 남자의 목소리는 저음 부분의 울림이 크고 또렷했다.

그날 이후 주수 어머니의 화장실 사용 시간이 예전보다 달라지고 길어졌다. 윤 선생 부부의 이야기 내용을 확신한 후 주수 어머니는 주수에게 명령을 내렸다.

"주수, 니, 오늘부터 윤 선생 집에서 마당 청소한답시고 갈대 벽을 우리 쪽으로 얼마만큼 밀어내는지 조사해라."

어머니의 명령을 받은 주수는 날마다 갈대 띠의 움직임을 관찰했다. 그러나 일주일이 지나도 주수는 갈대 띠가 움직이는 것을 발견하지 못했다. 마른 갈대 가지를 엮은 띠의 아랫부분이 불규칙하게 땅에 닿아있어 주수는 분명한 경계선을 구분할 수 없었다. 간혹 윤 선생 집에서 마당 청소를 하고 난 후 갈대 띠가 우리 집 쪽으로 밀려온 것 같은 생각도 들었지만 주수는 어머니에게 보고는 하지 않았다.

두 집의 경계선 조사 명령을 받은 지 보름쯤 지나 주수 어머니가 주수에게 결과를 확인했다. 주수는 특이한 상황이 없다고 보고하자 어머니의 불호령이 떨어졌다.

"그런 것도 하나 똑바로 못 보는 놈이 커서 뭐가 되것노?"

그리고 며칠 후 주수 어머니는 윤 선생 댁을 공격했다. 화장실에서 엿들은 윤 선생의 육성을 근거로 한 일방적인 공격이었다. 윤 선생은 즉시 주수 어머니에게 사과했다. 주수 어머니의 불시 공격 이후 두 집의 경계선은 갈대 띠 대신 쇳덩어리 원뿔을 사용한 지적도 측량으로 시멘트 벽돌담으로 바뀌었다.

시멘트 벽돌 담을 두리번거리는 주수의 쌍꺼풀 진 기다란 눈이 서옥을 쳐다본다. 서옥은 몸을 뒤척였다. 잠을 청하는 서옥의 눈 속에는 주수의 눈동자만 더욱 빛난다. 키 큰 소나무를 흔드는 바람 소리와 주수의 거친 숨소리가 서옥의 가슴을 할퀸다. 잠을 이루기 위해 몸을 뒹굴지만 서옥의 귓가에는 주수를 싣고 떠난 버스의 배기음이 또렷하게 되풀이된다.

사흘이 지나도 서옥의 마음은 입대 전 그날 밤의 키 큰 소나무 아래에 머물러있다. 주수에 대한 그리움이 더하는 만큼 무엇인가 분명하게 정리하고 싶은 마음도 강해진다. 그의 머리를 가득 채운 결혼이란 단어가 쉽게 인식되지 않는다. 차라리 그날 밤 이전의 상태가 더 행복하지 않을까하는 생각이 떠올랐지만 서옥은 그러한 생각은 이제 어리석은 일이라고 머리를 흔들었다. 결혼은 엄연한 현실이며 끝나지 않은 오늘이다. 정해진 결론이라면 주수와의 결혼이 행복할까? 서옥은 주수와의 결혼을 상상해 보았다.

주수는 똑똑하다. 성격도 원만하다. 얼굴도 못생기지 않았다. 키는 크지 않아도 몸은 건강해 보인다. 서옥은 자신도 모르게 미소가 나왔다. 그러나 결혼은 주수와 둘만의 관계가 아니다. 두 집안 간의 문제다. 서옥은 주수 어머니의 길고 커다란 얼굴이 떠올랐다.

"이 년 놈들아, 날 죽여라."

서옥은 눈을 질끈 감았다. 그래도 두 사람이 진정 사랑한다면 시어머니에 대한 어려움을 이겨낼 수 있지 않을까?

잠시 후 서옥은 고개를 저었다. 주수는 육 남매의 장남이다. 시누이가 될 세 딸의 소문도 부드럽지 않다. 고통은 피할 수 없는 선택의 길이다. 서옥이 문을 열고 옛길로 나섰다. 어둠속에서 창선도 앞바다에 배 한 척이 지나간다. 파도를 오르내리는 뱃고물의 불빛이 숨바꼭질을 한다.

(4)

미사를 마친 서옥은 집으로 혼자 걸었다.

늘 다니던 큰길을 두고 황톳길 골목을 지나 서옥은 사천집 아랫길로 나왔다. 유림동 고개 오르막 홰나무에서 저수지 쪽으로 길을 건넜다. 눈앞에 펼쳐진 마늘밭과 바다가 잘 닦은 거울에 비친 듯 또렷하다. 혼자 걸어서 그런지 바람이 더 세게 얼굴을 때리는 것 같다. 몸을 돌려 바람을 피해보지만 매섭기는 매한가지다. 빠른 걸음으로 다가온 서옥의 가슴을 심천교가 붙잡있다.

서옥이 다리 난간에 서서 두 손으로 얼굴을 감쌌다. 전봇대 사이로 옛 길가 준명의 집이 보인다. 집 앞 길가의 자갈들이 햇빛에 번쩍이며 준명의 히죽거리는 모습이 떠오른다.

"어디긴 어디야, 38선이지."

우정의 경계가 어디냐고 묻는 서옥에게 준명이 서옥의 허리를 가리키며 내뱉은 말이다.

서옥이 고개를 아래로 떨구었다. 다리 근처 옛길에 아직도 베어지지 않은 코스모스의 마른 줄기뭉텅이가 남아있다. 서옥이 빠르게 준명의 집을 바라보고 걸었다.

"차라리 준명이와 결혼하면 어떨까?"

서옥은 한숨을 쉬고 발걸음을 힘차게 옮겼다. 준명이 주수보다 공부는 못 해도 부유한 집안 덕으로 견문은 넓다. 더욱이 준명은 막내다.

준명의 부모님은 뭐라고 말할까? 준명 새어머니야 별 말씀 않겠지.

'우리 준명이가 좋아한다면야 안 될 것이 없지. 허허.'

준명 아버지는 어머니가 설득하면 거절하지 않을 것이다.

자신의 생각에 서옥의 얼굴이 붉어졌다. 옛길의 자갈 밟는 소리를 크게 내며 서옥이 준명의 집 앞을 지나왔다. 눈앞에는 천심상회의 평상이 찬바람에 을씨년스럽다.

주수가 떠난 지 삼주일이 지나도 기도하는 서옥의 십자가에는 주수의 얼굴이 사라지지 않는다. 내 마음속에서 꿈틀거리는 것이 무엇일까? 이게 사랑이라는 것인가? 그러면 내 몸속에도 사랑의 싹이 돋아나고 있다는 말인가? 서옥은 자신의 변화된 심신에 대한 의문을 풀 수가 없었다. 하룻밤의 육체관계로 남은 인생을 구속하여야 하는가?

서옥은 월요일에도 성당을 찾았다. 마음에 솟는 사랑의 의문점을 풀기위해 성호를 긋고 엎드렸다. 하얀 벽에 매달린 십자가 위, 예수의 얼굴이 고통스럽다. 창밖의 성모마리아도 서옥에게 사랑의 해법을 말하지 않는다.

사랑을 정리하려면 얼마나 많은 시간이 필요한가? 사랑을 정리하면 그 사람과의 관계도 냉담해야 하는가? 서옥의 입에서 자신도 모르게 신음이 새어나왔다.

"아—!"

십자가 아래 제단으로 향하려던 젊은 신부도 문설주에 기대어 서옥을 바라보고 단말마적인 음성을 쏟아낸다.

(5)

또 한 주일 더 대답 없는 기도를 드린 서옥이 그날 밤도 뜬 눈으로 지새웠다.

힘없이 아침상을 차리는 서옥을 보고 서옥 어머니는 묵주를 매만지며 눈을 지그시 감았다. 음식냄새가 밥상 주위를 감싼다. 성호를 긋고 첫 숟갈을 삼킨 서옥이 입을 손으로 막고 벌떡 일어섰다. 서옥 어머니가 물끄러미 서옥을 쳐다보다 밥을 삼킨다. 서옥이 고개를 숙여 숟가락을 다시 들었다. 입에 들어간 음식이 목구멍을 넘어가기도 전에 서옥이 숟가락을 내던지고 밖으로 뛰어나간다. 서옥 어머니의 얼굴이 한 대 맞은 것처럼 붉어졌다.

"너, 임신했구나."

서옥은 도망치듯 성당으로 달렸다. 아침밥을 먹지 못하여도 서옥은 배고프지 않았다. 갑자기 주수가 보고 싶다. 서옥은 심천교를 지나 빠르게 걸었다. 성당으로 오르는 황톳길이 얼어서 미끄럽다. 서옥은 다시 한번 성호를 그으면서 의자에 앉았다. 두 손을 이마에 붙이고 눈을 감았다. 굵은 밧줄에 묶여 기다란 터널 속으로 끌려가는 느낌이다. 그러나 입가에는 알 수 없는 미소가 솟아난다.

'이것이 사랑의 시작인가?'

꼭 감은 두 눈앞이 번쩍이고 눈물이 서옥의 뺨에 흘러내린다. 서옥은 주수와 함께 꽃밭을 거닐었다. 감겨진 두 눈 속에서도 햇빛이 눈부시다.

"레지나!"

레지나는 서옥의 영세명이다. 눈물이 흘러 마스카라가 고랑을 이룬 얼굴로 서옥이 뒤돌아봤다. 안경을 낀 주임 신부다. 신부는 서옥의 어깨에 두 손을 붙인 채 긴 숨을 내쉬었다. 서옥의 목덜미에 부딪치는 신부의 입김이 뜨겁다. 입대 전 그날 밤 키 큰 소나무 아래 벼늘에서 주수가 내뿜는 입김의 온도와 같다. 서옥은 신부의 두 팔을 밀쳐내고 성호도 없이 밖으로 뛰었다.

눈이 내린다. 솜이불이 터진 듯 뭉텅뭉텅 쏟아진다. 마당가에 홀로 선 성모 마리아의 흰 옷보다 하늘의 눈이 훨씬 하얗다. 서옥은 왔던 길을 되돌아 집으로 걸었다. 얼굴을 때리는 눈의 감촉이 상쾌하다. 서옥의 눈에는 주수의 얼굴만 보였다. 아무런 표정도 없는 주수의 눈동자만 빛났다.

심천교 난간에서 서옥은 고개를 들었다. 들판이 온통 흰색이다. 초등학교 미술 시간에 준비한 흰 도화지를 펼친 것 같다. 서옥은 들판 끝을 향하여 소리쳤다.

"주수야–"

(6)

서옥은 진주로 가는 직행버스에 몸을 실었다.

진주에 도착하면 날이 밝을 것이다. 차창 밖의 바다가 검은 띠처럼 산을 감고 돈다. 시외버스 주차장에서 촉석루 쪽으로 천천히 걸었다. 마음을 단단히 먹었지만 병원을 들어서기는 망설여졌다. 병원 간판을 보며 두리번거리던 서옥이 산부인과 출입문을 힘껏 밀었다.

수술을 기다리는 동안 마음은 어두웠지만 수술대의 불빛은 눈부셨다. 간호사의 손끝에서 주입되는 마취 주사액이 몸속으로 밀려들기도 전에 서옥은 평온함을 느꼈다. 눈을 감은 서옥의 입가에는 쓸쓸한 미소가 번졌다. 두 눈에서 솟은 눈물이 귓바퀴를 타고 목덜미로 흐른다. 이마에 달라붙은 눈이 녹듯이 서옥의 움켜진 주먹이 풀어졌다. 수술 기구의 움직임 소리가 멀어지고 의사의 손길은 목표를 향하여 정확하게 움직였다. 서옥의 몸속에서 자라던 사랑의 씨앗은 의사의 짧은 기침 소리와 함께 제거되었다. 주수와의 사랑도 과거로 돌아갔다.

서옥은 회복실로 옮겨졌다. 기억할 수 없는 시간을 보낸 서옥이 눈을 떴다. 커다란 방에 뉘어져 있다. 먼저 온 사람이 부축을 받으며 방문을 열고 나간다. 커다란 방에는 서옥 혼자 남았다. 구덩이에 떨어지듯 서옥이 '헉' 소리를 질렀다. 기다란 방 끝의 창문으로 밤을 시작할 어둠이 넘어온다.

서옥은 몇 번이나 병원을 뒤돌아보았다. 불을 밝힌 가로등이 환하게 웃는 아이의 얼굴 같다.

"자기 몸뚱어리 하나도 주체 못하는 게 가정은 어떻게 꾸려 가겠노? 야, 이 년아."

서옥의 모습을 보고 서옥 어머니는 화가 났다. 집 밖으로 목소리가 새 나갈까봐 소리를 낮추면서도 날카롭게 서옥의 귀를 찔렀다.

"버린 자식 애비는 다시 만나지 마라."

서옥 어머니는 서옥에게 주수를 만나지 말 것을 기어이 약속 받았다.

4. 영원한 선물

(1)

"남해 사람은 남해 사람하고 결혼해야 잘 산다."

준명 아버지가 준명과 서옥을 바라보며 다짐 같은 혼잣말을 소리치고 고개를 끄덕였다. 준명도 그 말을 어릴 때부터 들어와서 거부감은 없다.

서옥은 4년 전에 서울로 올라왔다. 오빠가 대학을 졸업하고 취직한 해이다. 이듬해 서옥은 전문대학에 입학했다. 가까운 진주를 놔두고 서울을 고집한 것은 서옥 어머니의 선택이었다.

오늘은 준명 아버지가 건강 검진 차 서울 큰아들 집에 왔다. 준명은 대학을 졸업하고 자동차 부품 제조업체의 관리 업무를 맡고 있다. 준명의 회사에서 서옥의 거처는 멀지 않은 거리다. 서옥 어머니의 바람대로 서옥과 준명은 연인이

되었다. 준명 아버지는 준명과 서옥을 바라보며 한 번 더 큰
소리로 되풀이한다.

"남해 사람은 남해 사람하고 결혼해야 잘 산다."

옛날부터 전해오는 말이 육지 사람들은 믿을 수 없다는 것
이다. 아버지의 말에 큰아들이 목소리를 높였다.

"그거 다— 사람 나름이지, 남해 사람끼리 만나야 잘 산다
는 보장이 어디 있습니까?"

준명의 큰형수도 남해 사람이다. 준명 큰형님의 말에 준명
아버지가 정색을 한다.

"아니다. 옛 어른들 말씀이 다— 이유가 있는 것이다."

준명 아버지가 눈을 크게 뜨고 준명을 바라보며 말을 계속
한다.

"저— 남변동 홰나무 집 아들 셋이…"

아버지의 얘기를 준명이 나서 웃으며 자른다.

"예, 아버지 그 얘기는 다— 알고 있습니다."

준명이 아버지의 말을 막으려 했지만 준명 아버지는 마음
을 굽히지 않았다.

"우리 손주들도 다— 남해사람하고 혼인시켜라."

준명과 서옥의 결혼식은 올 가을에 올리기로 결정되었다.

상세한 결혼 일정은 서옥 어머니와 준명 어머니가 만나서 준비할 것이다. 준녕 아버지는 두 사람이 살 새 집을 마련하기 위해 천여 평의 땅을 준명에게 허락하였다. 그 대신 준명은 결혼 후 남해에 살면서 여객회사 일을 도와야 한다. 준명의 새 집이 들어 설 자리는 읍 우체국 아래다. 이전에 일반여객버스의 임시주차장이었다. 지금은 관광버스의 대기 장소로 사용하고 있다.

새 집을 어떻게 짓는가는 전적으로 준명에게 권한이 넘겨졌다. 준명은 기쁜 마음을 참지 못해 코웃음이 저절로 울려 나왔다. 서옥의 얼굴도 복사꽃빛이다. 준명의 큰형님이 눈치 빠르게 두 사람의 마음을 찔렀다.

"청춘남녀는 이만 나가봐라."

서옥의 얼굴이 더욱 붉어지고 준명이 서옥의 옆구리를 찌른다.

두 사람은 큰형님 댁을 나와 아파트 입구 상가 이층 다방에 붙어 앉았다. 창 밖에는 고개를 내민 목련꽃잎이 가지런히 벌어졌다. 준명이 엽차를 들이키고 목소리를 높였다.

"그 너른 땅에 집만 지어서는 생산적이지 못해, 삼분의 이는 고급 식당으로 하고 살림집은 나머지 공간을 활용해야겠어."

준명이 서옥을 응시하며 자신의 계획을 풀어놓는다.

"사업은 현금 확보가 최우선이야, 그러니까 외상없는 장사
가 제일이지."

준명이 서옥에게 몸을 기대며 묻는다.

"식당 이름은 무어라 하지?"

서옥이 허리를 펴며 소리쳤다.

"천심별당!"

두 사람은 마주보며 미소를 감추지 못한다. 준명의 말처럼
돈을 벌 수 있는 조건에 현금 수입만 있는 사업이면 성공은
확실한 것이다. 그러고 보니 준명이네의 여객버스회사에는
손님이 외상을 할 수 없다. 두 사람은 나란히 창밖을 내다봤
다. 봄 햇살이 창문에 기대어 속삭이듯 눈부시다.

(2)

주수는 대학을 졸업하고도 취직을 못했다. 학업 성적이 좋
지 않았기 때문이다.

주수의 집은 심천리에서 읍으로 이사했다. 주수가 군대에
서 전역하기 전이다. 유림동 시장아래에 새 집을 지었다. 오
래 전부터 계획된 일이었다. 심천리 집은 주수 몫으로 남겨

두었다.

주수는 도시락을 넣은 조그만 가방을 옆에 끼고 정씨 제각
으로 향했다. 정씨 제각은 심천리 입구 큰길 건너 망운산 끝
자락에 있다. 사흘 전 시장통에서 수찬을 만나 오늘부터 이
곳에서 함께 공부하기로 약속했다.

수찬은 심천리 옆 마을 이어리에 산다.

이어리와 심천리는 행정구역이 다르다. 심천리는 남해읍
이고 이어리는 고현면이다. 초등학교만 남해에서 다닌 주수
는 준명을 통하여 수찬을 만났다. 군 입대 전이다. 수찬과 준
명은 중학교 동창생이다.

수찬은 체격이 작다. 체구에 비해 머리통이 크고 눈이 튀
어나올 듯 둥글다. 첫눈에 왜소함이 느껴지지만 말투는 차분
하면서 쫀득한 맛을 낸다. 감정을 나타낼 때 자신의 덧니를
드러내며 얼굴이 붉어진다. 수찬은 기타 연주를 잘한다. 대
학은 진주에서 농과 대학을 졸업했다.

수찬이 고등학교 때 이야기다. 대학 진학문제로 부모님과
다툰 사건이다.

부모님은 수찬의 대학 진학을 반대했다. 수찬은 대학 진학
을 포기할 수 없었다. 고등학교 3학년 때이다. 수찬의 요구

에도 부모님의 대답은 변함이 없다. 그러던 하루, 학교를 다녀 온 수찬이 고함을 내지르며 창고로 뛰어들었다.

"이까짓 공부해서 뭐 하노?"

창고에서 도끼를 찾아 든 수찬이 자신의 책상을 내리쳤다. 책상에 꽂힌 도끼를 본 그의 어머니가 입을 벌리고 말았다고 한다.

주수가 놀란 눈으로 수찬의 아래위를 훑어보았다.

"내가 체구는 작아도 성질은 좀 독하다."

수찬이 덧니를 보이며 주수를 향하여 웃었다. 그러나 강렬한 도끼질에도 수찬은 군 복무를 마치고 대학에 진학했다. 수찬이 내리친 도끼에 책상이 둘로 쪼개졌는지는 주수가 묻지 않았다.

이불은 수찬이가 준비하기로 약속했기 때문에 주수는 도시락 반찬을 조금 더 담았다.

집에서 심천리까지는 걸어서 십 분 정도 걸린다. 주수는 시장통을 빠져나오며 새삼 사람들이 많은 것에 놀랐다.

'저 많은 사람들이 모두 무얼하고 살지?'

주수는 시장통을 오가는 사람들이 신기했다. 모두가 살아가는 것이 대단하다고 느꼈다. 주수는 사람들의 시선을 피하면서 걸음을 재촉하다 뒤를 돌아보았다.

집에 있으면 괴롭다. 더구나 대학을 졸업하고 노는 것은 동정의 가치조차 인정받지 못했다. 물에 씻은 비단 같은 햇빛이 온몸을 감싸는 이런 봄날에 "아이구, 니가 이 집 큰아들이가, 그래 대학은 졸업했나? 지금 뭐하고 있노?" 방문한 친척이 이런 질문을 하면 차라리 눈감고 햇빛 속으로 증발하고 싶은 마음이다.

주수는 멍하니 앞을 보고 걸었다. 가로수 벚꽃이 파물이다. 꽃잎이 더러운 이불에 먼지 털 듯 날린다. 주수는 어깨를 펴고 심호흡을 했다. 꽃잎이 살랑거리며 코를 막기도 하고 눈썹에 달라붙기도 한다. 들판 건너 창선도 앞바다에 짐을 가득 실은 배가 모가지만 물 위에 내놓고 물살을 헤친다.
심천리 입구 큰길가 동네 비석 앞에서 수찬이 주수를 기다렸다. 손에는 담배 한 보루와 음료수 상자를 들었다. 주수가 눈치를 챘지만 미안한 마음에 내용을 물었다. 수찬이 덧니를 드러내며 입술을 움직인다.
"제각지기에게 줄 쥐약이다."
두 사람은 가벼운 발걸음으로 제각을 향해 큰길을 건넜다.

마늘밭 사이 오르막 길 끝나는 곳이 저수지 둑이다. 저수지
는 물이 빠져 걸쭉한 붉은 뱃살을 내보인다. 제각은 오른쪽
에서 저수지를 마주보고 자리했다.

주수와 수찬은 제각지기 아내에게 인사하고 제각의 방 한
칸을 빌려 쓰기로 허락받았다. 제각지기 아내는 두 사람에게
매 달 인사하기를 요구했다. 제각지기의 집은 제각 담에 붙
어있다.

제각은 대문간과 본체로 지어졌고 본체는 대청을 중심으
로 좌우에 방이 한 칸씩 있다. 대청 중앙 벽에는 제각을 지은
기부자의 명단이 편각 되어 있다. 준명의 할아버지와 아버
지, 형제들의 이름이 들어있다.

주수와 수찬이 사용할 방은 대문간에서 바라보아 왼쪽 방
이다. 방은 크고 천장이 높다. 두 사람은 멋진 피난처를 가
진 기쁨에 한동안 마주보고 히죽거렸다. 수찬이 준비한 이불
을 뒤집어쓰고 두 사람은 서로 가져온 책을 펼쳤다. 수찬은
시사와 상식에 관한 책을 꺼내고 주수는 토플 문제집을 펼쳤
다. 책장을 넘기며 숨소리만 내던 두 사람은 한 시간도 못 되
어 책을 던지고 이부자리에 드러누웠다.

"십 년 동안 하지 않은 공부를 귀신이 사는 곳에서 한다고
하루아침에 해결되겠나?"

수찬이 덧니를 드러내며 웃었다. 주수도 맞장구치며 웃었다.

(3)

제각문 밖에서 사람 소리, 차 소리는 들리지 않는다. 가끔 새소리가 지나갔다.

두 사람이 말없이 책을 보고 있으면 바보의 입처럼 벌어진 제각 나무대문이 바람에 삐걱거리며 머리끝을 치켜세웠다. 사월의 햇살이 새싹과 꽃을 피워도 불을 지피지 않은 제각의 방은 차가웠다. 두 사람은 햇볕이 내리쬐는 대청마루 끝으로 나왔다. 높은 담으로 둘러싸인 마당에 가득한 봄볕을 말없이 바라봤다. 다리를 끄덕거리며 두 사람은 눈으로 대화했다. 말이 없어도 혼자 보다는 둘이 있는 게 마음이 포근하다. 햇볕이 두 사람의 어깻죽지를 따뜻하게 만든다. 수찬이 하품을 크게 했다. 그 때다.

"주수, 아이가?"

제각 오른쪽 방문이 열리며 주수를 부르는 소리가 들렸다. 두 사람은 오른쪽 방에 사람이 있는 줄도 몰랐다. 주수가 소리 나는 쪽을 돌아봤다.

"어- 처일아!"

주수가 반갑게 소리치며 몸을 일으켰다. 처일이 수찬을 보고 목례를 한 후 엉거주춤하게 주수 옆에 선다. 수찬은 뒤로 빠졌다. 주수가 처일의 손을 잡으며 어떻게 여기 있느냐고 물었다. 처일이 머리를 긁적이며 대답한다.

"공무원, 시험, 공부- 3년째다."

처일이 얼굴을 붉히며 미소를 짓는다. 주수가 고개를 끄덕이며 처일의 부끄러움을 덜어주려고 아는 체 했다.

"올-해는 합격하겠지 뭐, 몇 급인데?"

주수의 말에 처일이 얼굴을 더욱 붉혔다.

"9급."

두 사람은 잠시 말이 없었다.

처일은 심천리 윤 선생의 셋째 아들이다. 주수보다 한 살 아래이지만 어릴 때부터 주수와 친하게 지냈다.

주수가 초등학교 4학년 때의 일이다. 그 때도 운동장의 모래가 흩날리는 봄이었다. 집으로 가고 있는 주수의 뒤통수에 처일의 가쁜 숨소리와 입김이 부딪친다. 처일이 어깨로 숨을 쉬며 주수를 불렀다.

"주수야, 니 이 노래 들어봤나?"

처일은 가쁜 숨을 멈추지 못하고 가슴을 헐떡거리며 주수에게 물었다. 주수가 또 무슨 엉뚱한 소리라도 들을 듯 처일의 얼굴을 바라봤다.

"무슨 노래인데?"

처일이 두려운 눈빛으로 주수를 쳐다보고 어깨를 들썩이며 노래를 불렀다.

"선생 아-들은 출세 못 한다-"

처일이 헉헉거리며 숨을 두어 번 내쉬고 다시 노래를 부른다.

"선생 아아-들은 출세 못 한다- 이 노래 말이다."

처일이 주수를 바라보는 눈빛이 두려움에 가득 찼다. 주수가 처일의 노래를 되풀이했다.

"선생 아아-들은 출세 못 한다꼬?"

그날 처일은 학교에서 심천리 집까지 주수와 걸음을 나란히 하기 위해 발을 뗄 때마다 자갈을 밟으며 뒤뚱거렸다. 처일의 아버지와 주수의 아버지는 같은 초등학교 교사였다.

처일은 부산에서 공업계 고등학교를 졸업했다. 군 제대 후 다니던 회사를 그만두고 공무원 시험에 응시하기 위해 이곳에 주리를 틀었다고 했다.

(4)

　밤이 되면 아버지와 어머니의 도란거리는 소리가 벽을 뚫고 한숨에 섞여 들린다.

　주수는 대학 졸업 후 취직이 어려울 것이라고 짐작은 하였다. 고등학교 때 문과 공부를 한 자신이 공과 대학을 선택한 것부터 어리석은 짓이었다. 돌이켜 보면 그 순간의 결정이 미래에 어떠한 갈등을 가져올 것인지 몰랐다. 공과 대학을 나오면 돈을 많이 벌 수 있다는 주위 사람들의 말 때문이었다. 자신의 미래를 상담할 교사는 아무도 없었다. 주수는 대학 4년 내내 성적과 적성 때문에 고민하고 고통 받았다. 주수는 차라리 목회자가 되던 지 아니면 시간이 빠르게 흘러 마흔 살이 되고 싶었다.

　며칠 전보다 아침에 일어나면 주수는 갈 곳이 있어 좋았다.

　어머니 몰래 퍼 담은 도시락을 챙겨들고 수찬을 만나는 즐거움에 주수는 빠르게 길을 나섰다. 시장통의 많은 사람들이 어제보다 정겹게 보인다. 그러나 주수는 애써 시장통 쪽으로 시선을 피했다. 저 많은 사람들이 자신의 직업을 가지고 아침부터 움직이는데 나는 할 일이 없다. 부끄러움에 주수는 얼굴이 달아올랐다.

큰길에서 제각까지 마늘밭 사이 길을 오르는 주수에게 봄 햇살은 귀찮도록 따사로웠다. 제각 방에는 수찬이 먼저 와 있었다. 주수를 보자 수찬이 환하게 웃으며 소식을 전한다.

"나, 이번 주말에 은행 면접 보러 부산에 간다."

주수는 수찬에게 합격하라는 축하 인사보다 제각의 빈 방에 혼자 남는 외로움이 먼저 다가왔다. 수찬은 이불을 몸에 감고 상식 책을 바짝 당겨 폈다. 주수는 책장을 열었지만 초점이 잡히지 않아 안개상자를 보는 것 같았다. 주수를 바라보는 수찬의 눈은 빛났다.

수찬이 주수에게 앞으로 점심은 천심상회에서 사 먹자고 제의했다. 주수는 말없이 동의 했다. 문밖에서 하늘을 차오르며 우짖는 까마귀 소리가 주수의 머릿속을 휘젓고 지나간다.

식구들이 출근을 할 때까지 주수는 잠자리에 있었다.

수찬이 면접을 본 뒤 며칠간 제각에 오지 않는다고 말했기 때문이다. 주수는 제각에 가지 않고 혼자 집에 있었다. 어머니도 외출한 오후에 아버지의 이름을 물으며 집을 찾는 사람이 있었다.

"여기가 강영석 선생님 댁, 맞습니까?"

주수가 대문간까지 나가기도 전에 두 여인이 현관까지 들어왔다. 두 여인은 모두 한복을 입었다. 말을 건네는 여인은 키가 크고 용모가 시원스러웠고 보자기를 든 여인은 보통 키에 눈빛이 반짝였다. 키 큰 여인이 다시 한번 '강영석 선생님' 댁을 확인하고 물건을 싼 보자기를 마루에 내려놨다.

"아버님 오시면 뭐라고 말씀드릴까요?"

주수가 물건을 싼 보자기와 두 여인을 번갈아 보며 물었다.

"이거 드리면 다 알아요."

키 큰 여인이 다소 강한 말투로 자신 있게 말했다.

볼 일을 마친 두 여인이 주수에게 자신들을 소개했다. 주수 아버지가 담임하는 1학년 1반 어머니회의 회장과 총무이며 선생님은 좀 늦을 것이라고 말한다. 주수를 유심히 바라보던 두 여인은 치맛자락을 휘감으며 대문을 나섰다.

주수는 보자기 매듭을 살며시 풀었다. 속에는 학부모가 보낸 선물이 엉겨있다.

－노란 고무줄을 여러 번 감은 천 원짜리 지폐 두 장, 담배 한 갑 또는 담배 두 갑, 모두들 야무지게 묶었다. 둘둘 말린 돈이나 담배 갑에는 아이들의 이름이 빠짐없이 적혀있다.－

주수는 보자기를 처음처럼 만들어 큰방 문갑 위에 얹어

났다.

주수 아버지는 약주를 한 잔하고 저녁 밥 때가 지나서 귀
가했다. 집에 들어서자마자 주수 아버지는 주수 어머니와 함
께 큰방으로 들어갔다. 두 사람이 주고받는 목소리가 문틈으
로 새어나온다.

"○○○이는 왜 빠졌지?"

주수 아버지의 목소리가 조금 커졌다. 둘둘 말린 돈을 칭
칭 감은 노란 고무줄 푸는 소리가 들리고 주수 아버지의 목
소리가 다시 커졌다.

"□□□이 집이 그렇게 힘드나?"

주수는 눈을 꼭 감았다. 고개를 갸웃거리는 아버지의 모습
이 눈에 선하다. 소풍은 해마다 되풀이된다.

(5)

수찬이 제각에 온다는 날에 맞추어 주수는 나갈 채비를 했
다. 호주머니를 만지던 주수가 큰방으로 들어가 소풍날 가지
고 온 보자기를 찾았다. 헐겁게 묶인 보자기에는 담배만 남

아있다. 주수는 '거북선' 한 갑을 꺼내 들고 집을 나섰다.

심천교 난간에서 담배 한 개비를 꺼내 물었다. 주수의 시야 속으로 처일의 헐떡거리는 모습이 들어온다.

'선생 아아-들은 출세 못한다. 니 이 노래 아나?'

주수는 창선도를 향해 담배 연기를 힘껏 내뿜었다.

"난 면접만 봤다하면 탈락이야."

주수가 위로의 말을 할 새도 없이 수찬이 양쪽 덧니를 드러내며 큰소리를 쳤다.

"난 대학원에 진학 해야겠어."

주수는 수찬에게 어떠한 말도 하지 못했다.

며칠 뒤 수찬이 주수에게 서울에 사는 자신의 형님 집에 함께 가자고 말했다. 주수는 흔쾌히 승낙했다.

남해에서 서울까지 가는 고속버스는 없다. 두 사람은 고속버스를 타기위해 진주로 향했다. 남해대교를 통과하는 버스가 노량해협을 가로지른다. 주수는 두터운 장막을 헤치고 밖으로 나온 기분이었다.

수찬의 큰형님은 일류 대학을 졸업하였고 외국 유명 기업의 홍콩지사장이다. 서울도 홍콩 영업 관리지역에 포함된다고 수찬이 말했다. 수찬의 형수도 남해 사람이다. 주수도 소문으로 알고 있는 사람이다. 수찬과 주수는 큰형님 댁에서 하룻밤을 묵었다. 수찬 큰형님의 대답은 긍성보다 부정에 가까웠다.

"대학 나와서 노나 대학원 나와서 노나, 매 한 가지다."

남해로 돌아오는 고속버스 속에서 수찬은 대학원 진학에 대하여 강한 의지를 보였다. 주수는 수찬의 계획이 부러웠다. 수찬의 집은 포도과수원을 한다.

서울을 다녀 온 뒤 수찬은 제각 생활을 끝내야겠다고 말했다. 이유는 주수에게 말하지 않았다. 그 날 오후 두 사람은 천심상회에서 맥주 한 캔씩을 말없이 마셨다. 수찬이 이어리 집으로 넘어가며 손을 흔든다.

"주수야, 이부자리는 제각지기 것이니까 니가 떠날 때 제각지기 마누라에게 말만 해줘라."

(6)

제각의 나무 대문이 열리며 억지로 마찰하는 소리에 소름이 돋는다. 주수는 방문을 열었지만 방 안으로 들어가지 않앗다. 커다랗고 어두운 방에는 이부자리가 술 취해 쓰러진 사람처럼 방바닥에 퍼져있다. 주수는 한동안 문고리를 놓지 못하고 서 있었다. 수찬의 웃는 모습이 떠오르며 방 안이 더욱 무서워졌다. 잡았던 문고리를 놓고 주수는 제각 마루를 내려왔다.

저수지 둑을 지나 마늘 밭 사이 길을 주수는 천천히 걸었다. 하늘의 열기와 땅의 생기가 부딪치며 만드는 봄 냄새가 가슴을 흔든다. 주수는 두 팔을 벌리고 크게 숨을 쉬었다. 아무도 없는 들길을 소리치며 하늘높이 뛰었다.

주수는 옛집으로 발길을 옮겼다. 옛집은 생각만 해도 마음이 편안하다.

대문 열쇠를 챙기지 못한 주수는 담장 너머로 집안을 둘러봤다. 작은 부엌 뒤 큰 담장 아래에 철쭉이 피었다. 초등학교 3학년 봄 망운산에서 캐왔다. 처일이와 함께 칡을 캐러갔다가 옮겨 심었다.

까치발을 하던 주수는 대문간에 걸터앉았다. 큰길에서 버스 지나가는 소리가 한꺼번에 들려오고 어머니의 근심어린 표정이 떠오른다. 엉덩이가 차갑다. 주수는 일어서서 엉덩이를 털고 맴돌다가 대문간에 다시 앉았다. 어머니의 근심어린 표정이 눈앞에서 떠나지 않고 몸에 힘이 빠진다. 머리에서 미래에 대한 어떠한 생각도 전개되시 않는다. 잉딩이의 냉기가 머리까지 올라온다. 주수는 일어섰다. 한 번 더 집안을 둘러보고 웃었다. 담장아래 핀 철쭉이 서옥보다 예쁘다.

이빨이 꼭 맞지 않은 천심상회의 출입문을 주수는 힘을 주어 열었다. 방문턱에 걸터앉아 있던 서옥 어머니가 주수를 바라보고 표정이 굳어진다. 주수가 인사를 하고 라면 한 그릇을 주문했다. 서옥 어머니가 방문을 닫고 문 앞에 선다. 갑자기 주위가 조용해졌다.

주수는 창문 쪽 벽을 보고 앉았다. 도마에 파를 써는 서옥 어머니의 칼질 소리가 주수의 가슴을 날카롭게 찌른다. 주수는 숨을 죽이고 눈으로 벽을 더듬었다.

라면 그릇을 탁자에 내려놓은 서옥 어머니가 무슨 말을 할 듯 주수 옆에 섰다. 주수는 라면을 먹지 않고 젓가락을 만지작거리며 서옥 어머니가 가기를 기다렸다. 말없이 서 있던 서옥 어머니가 주수의 귓가에 거친 숨을 내뿜고 방으로 들어간다.

서옥 어머니의 체취가 사라지자 주수는 라면을 크게 한 입 삼켰다. 라면을 씹으며 달력을 쳐다봤다. 주수는 고개를 끄덕이며 오늘의 요일과 날짜를 맞춰본다. 토요일, 28일이다. 언제부턴가 주수는 날짜를 잊어버렸다. 할 일이 없는 자신에게 날짜는 무의미했다. 그 대신 식구들이 출근하고, 출근하지 않는 요일만 기억했다.

주수가 젓가락질을 멈추고 몸을 일으켜 달력 가까이 얼굴을 내밀었다. 28일 아래 적힌 작은 글자를 확인하기 위해서다. 작은 글자는 '충무공 탄신일'이다. 주수는 고개를 끄덕이고 다시 라면 그릇에 얼굴을 붙였다.

방 안에서 서옥 어머니의 숨 가쁜 목소리가 크게 밀려나오고 방문이 열린다. 주수가 입놀림을 멈추고 귀를 세웠다. 누군가 움직이는 소리가 주수의 귀를 잡아끈다.

"주수야!"

서옥의 목소리다. 입에 든 라면을 단숨에 삼키고 주수가 고개를 돌렸다. 서옥이 웃으며 서 있다. 서옥 어머니의 짜증스런 목소리가 주수의 엉덩이를 사정없이 헤집는다. 주수는 젓가락을 탁자에 놓았다.

서옥이 주수 옆에 앉는다. 주수는 서옥의 냄새를 맡고 어린아이 같은 표정을 지었다. 서옥 어머니의 목소리가 더 크게 두 사람의 공간으로 파고든다. 주수는 벽을 마주보고 일어섰다. 라면 국물은 마음껏 먹지도 못하고 주수는 호주머니를 뒤져 라면 값을 탁자에 놓았다.

천심상회를 나서는 주수를 서옥이 뒤따랐다. 서옥 어머니의 고함이 주수의 목덜미를 후려칠 듯이 거칠다. 주수는 앞만 보고 걸었다. 서옥의 결혼 소식은 주수도 알고 있다. 준명에게서 직접 들었다. 서옥이 주수의 팔꿈치를 잡았다.

"주수야―"

주수는 서옥을 힐끗 쳐다보고 큰길을 향해 걸었다. 서옥이 주수에게 바짝 다가선다.

"돌아오는 토요일 밤에 집에 와, 어머니와 동생은 서울 간다."

서옥의 입김이 주수의 얼굴을 붉게 물들였지만 주수의 입은 열리지 않았다. 천심상회 모퉁이에서 오가는 사람들을 보고 서옥이 주수 곁에서 떨어졌다. 주수는 뒤돌아보지 않고 걸었다. 서옥이 다시 한번 목청을 가다듬었다.

"주수야, 토요일이다. 기다릴게."

주수는 길을 건너지 않고 마을 비석 옆에 섰다. 서옥은 팔짱을 끼고 주수의 뒷모습을 보고 있다. 주수는 읍으로 가는 버스를 타지 않고 밖으로 가는 버스를 탔다. 천심상회 옛길 모퉁이에서 서옥은 움직이지 않는다. 주수는 서옥의 시선을 피하며 먼 하늘을 쳐다보았지만 서옥의 모습은 주수의 시야에서 벗어나지 않았다.

(7)

주수는 노량 충렬사를 찾았다.

노량해협의 물살은 언제 봐도 새롭다. 충렬사 오르는 계단은 가팔라서 몸이 저절로 숙여진다. 주수는 이순신 장군 초상화 앞에 절하였다. 제단에는 천 원짜리 지폐 두 장을 올렸다. 사당지기가 참배 예절을 설명하며 자랑스러워한다. 주수는 사당 뒤 이순신 장군의 빈 무덤을 둘러보고 바닷가로 내려왔다.

이순신 장군이 죽은 곳은 '관음포'다. 남해 사람들은 이곳을 '이락포'라 부른다. 이락포는 노량에서 여수 방향으로 오리 가량 떨어진 곳이다.

이순신 장군은 왜군과 싸우기 전에 노량해협을 둘러보며 가슴이 답답했을 것이다. 도망갈 길 없는 이 좁은 바다에 수많은 전함들이 뒤엉키어 서로가 서로를 죽여야 한다. 아군보다 숫자가 많은 적의 전선을 기다리는 이순신 장군의 심정은 어떠했을까?

100

굼실대는 물결이 도로 벽에 부딪쳐 물방울이 되어 튀어 오른다. 오백년 전에도 바다는 지금과 같았을 것이다. 주수가 다리를 까닥거리는 경계석 아래까지 파도가 넘어온다. 아스팔트 위로 올라온 파도가 넓게 퍼지며 '쏴아-' 하는 마지막 소리를 낸다. 주수는 파도가 사라지는 모습을 물끄러미 바라봤다.

'이순신 장군 같으면 어떻게 했을까? 아무도 없는 집에서 첫사랑 여인과 만남을 괴로워했을까? 그 여인은 친구와 결혼을 약속한 사이이다. 이순신 장군도 첫사랑은 있었겠지?'

(8)

'서옥이 소리치며 약속한 토요일 밤에 나는 어디에 있어야 하나?'

주수의 마음은 천심상회를 수없이 왔다 갔다 하였다.

'서옥에게 가서는 안 된다.'

아무리 외쳐도 주수의 마음은 서옥의 눈길을 벗어날 수 없었다. 시간이 흐를수록 주수는 약속시간을 기다리는 자신을 느꼈다.

약속한 토요일 밤, 열시를 알리는 괘종시계의 울림을 듣고 주수는 심천리로 향했다. 막차가 마을 입구에 승객들을 밀어내고 빈 좌석을 환하게 밝히면서 읍내로 달려간다. 주머니를 뒤져 담배를 꺼내 문 마을 사람들이 천심상회를 기웃거린다.

천심상회는 불이 꺼져있다. 마을 사람들의 발자국 소리가 멀어지기를 기다려 주수는 천심상회 부엌문을 두드렸다. 서옥이 문을 열며 눈으로 깊게 웃는다. 웃는 얼굴에 내려앉은 달빛이 뽀얗다. 서옥이 짙게 화장한 얼굴을 주수는 처음 보았다.

방 한가운데에 동그란 술상이 차려져 있다. 맥주 한 병과 땅콩과자 그리고 유리잔 두 개가 형광등 아래 마주섰다. 서옥은 분홍빛 원피스를 차려입었다.

"나 결혼해."

서옥이 먼저 입을 열었다. 주수가 웃으며 말하려 하지만 가슴 속 공기덩어리가 치솟아 목소리가 부서진다.

"준, 명, 이, 하고-"

서옥은 대답이 없다. 술상 위의 병따개를 매만지며 주수를 바라본다. 주수가 서옥의 눈을 응시했다. 서옥이 고개를 돌린다.

"그래, 준명이 하고 결혼해."

서옥의 대답에 주수는 다음 행동이 무엇인지 잊은 사람처럼 몸이 굳어졌다. 두 사람의 침묵 속에 형광등빛이 눈부시다. 감정을 누르는 주수의 숨소리가 방바닥에 부딪친다.

　서옥이 술을 따라 주수에게 권했다. 차오르는 맥주 거품을 마시기 위해 주수가 머리를 낮춘다. 거품을 빨아 당기는 주수의 긴 호흡과 함께 서옥의 열에 들뜬 목소리가 터져 나왔다.

　"사랑해."

　주수는 고개를 세우고 서옥을 바라봤다. 서옥의 얼굴 위로 준명의 웃는 모습이 덮쳐온다. 서옥의 두 눈 아래로 흐른 눈물 자국이 선명하다.

　서옥의 마음을 주수는 남김없이 이해할 수 없었다. 형광등 스위치를 내린 서옥이 주수에게 쓰러졌다. 붙잡을 수 없는 달빛이 서옥의 어깨를 감싼다.

　"사랑해."

　서옥이 다시 한번 거칠게 입김을 내뿜었다. 주수는 서옥을 힘껏 껴안지 않았다.

　"행복해야 돼."

　응집력 없는 목소리를 낸 주수는 눈을 감았다. 서옥의 웨딩드레스에 얼룩을 남기고 싶지 않았다.

　두 사람이 하나가 되어 생긴 빈 공간에 서옥의 향기가 가득 찬다. 주수는 서옥의 냄새를 맡았다. 키 큰 소나무 아래 무덤가의 쑥 냄새다. 주수는 서옥의 냄새를 남김없이 마시기 위해 심호흡을 했다. 주수의 코끝에 메마른 쑥 냄새가 달라붙는다. 서옥의 숨소리가 빨라진다. 주수는 서옥을 떠밀듯 안아 세웠다.

"나는 너에게 아무 것도 선물할 게 없다."

주수의 목소리가 키 큰 소나무에서 떨어지는 솔잎처럼 흩날린다. 서옥이 주수의 등에 가슴을 기댄다. 주수의 호흡과 심장 박동이 망운산을 때린 한여름의 소나기가 심천내를 달리는 소리다. 서옥은 눈을 감았다. 힘껏 엉긴 눈썹 위로 이슬이 솟는다.

서옥이 불을 켜고 얼굴을 찡그리며 맥주를 삼켰다. 붉어진 얼굴로 주수를 바라보며 미소를 짓는다.

"나는 너에게 '영원한 선물'을 받고 싶어."

서옥의 웃는 얼굴을 보며 주수가 눈을 크게 뜬다.

"영원한 선물?"

서옥의 대답이 힘차고 표정이 밝다.

"그래."

서옥이 주수의 새끼손가락에 자신의 새끼손가락을 걸고 영원한 선물을 받기로 약속한다. 서옥이 왼손으로 주수의 가락지 낀 손을 움켜쥐었다. 주수의 눈길이 허공에 부딪친다.

주수는 서옥에게 영원한 선물을 약속하고 몸을 일으켰다. 서옥이 주수의 품으로 달려들었다. 주수도 서옥을 힘껏 껴안았다. 서옥의 머릿결 사이로 준명의 얼굴이 나타난다. 주수는 몸의 움직임을 둔화시키려고 마음을 세차게 저었다. 두 사람이 한 몸처럼 굳어있어도 시간은 사랑과 이별을 구분하지 않았다. 마을 끝 키 큰 소나무를 차고 오른 상현달이 보름달이 되기 위해 천심상회를 비추며 지나간다.

(9)

영원한 선물을 만들기 위해 주수는 서옥과 함께 성당으로 향했다.

봄비 뒤끝의 안개와 구름이 뒤섞인 저녁이다. 주수는 말이 없고 서옥은 미소를 피워 물었다. 가로등 불빛에 솜털 같은 물방울이 터널 속처럼 두 사람을 감싼다. 주수가 서옥에게 약속한 영원한 선물은 주수가 영세를 받는 것이다.

주수의 교리 공부는 오월부터 시작된다. 오늘은 성당에 교리를 배우려가는 첫날이다. 주수는 서옥의 우산을 받으며 성당 정문을 통과했다. 서옥의 얼굴이 잘 익은 석류빛이다. 미소를 머금었던 서옥의 입술이 벌어졌다.

"내 소원은 사랑하는 사람과 함께 성당에 가는 것이다."

정문 담장에 장미넝쿨이 엎드린 듯 붙어있다.

젊은 신부 앞에 세 사람이 앉았다.

칠십은 되어 보이는 할머니 두 명과 총각 하나, 신부는 교리서를 읽으며 설명했지만 세 사람은 신앙에 대한 찰흙 같은 애착은 보이지 않는다.

접은 우산을 매만지며 신부 뒤에 서있던 서옥이 주수에게 우산을 건넨다. 약하게 고개를 움직이는 신부를 뒤돌아가며 서옥이 성호를 그었다. 서옥의 눈이 주수의 눈과 마주치며 별빛처럼 빛난다. 서옥의 뒷모습을 젊은 신부가 바라본다. 뒤돌아보지 않는 서옥의 뒷모습을 바라보는 안경 속 신부의 눈동자를 주수가 지켜본다.

교리 공부기간은 육 개월이다. 시월이 되어야 영세를 받을 수 있다. 그동안 일주일에 두 번씩 야간 교리 공부를 하고 일요일에는 주일 미사를 받아야 한다. 주수는 곱게 접힌 석류 빛 우산을 쓰다듬었다.

젊은 신부는 믿음의 종점인 천국에 대하여 열변을 토한다.

우리는 천국에 가기위해 무엇을 할 것인가? 신부는 침을 튀긴다. 주수는 신앙의 담벼락을 오르내린다. 신부는 고개 숙인 양들을 보며 목이 잠긴다.

서옥이는 기다리고 있을까? 혼자 갔을까? 주수는 눈을 크게 뜨며 교리서에 얼굴을 파묻었다. 신부의 열변에 감동이 오는지 할머니들이 머리를 끄덕거린다. 신부의 거친 숨소리가 세 사람의 귓바퀴를 잡아당긴다. 믿음을 찾는 세 사람의 눈길이 가는 곳이 어딘지는 보이지 않는다. 신부가 다 같이 '아-멘'을 부르짖는다. 주수는 잠을 잔 듯 개운했다.

다음 날 오후, 주수는 서옥의 우산을 챙겨 천심상회로 갔다. 약속을 지킨 뿌듯함에 저절로 미소가 나왔다. 서옥의 웃는 모습을 떠올리며 주수는 열린 문 안으로 고개를 넣었다.

"서-옥-아-"

부엌방에서 서옥 어머니가 나왔다. 주수가 인사를 해도 한동안 말이 없다.

"서옥이 멀리 갔다."

물끄러미 주수를 바라보던 서옥 어머니가 얼굴을 찌푸렸다.

"니도 이제 오지마라. 서옥이도 안 올 끼다."

서옥 어머니의 꾸짖는 목소리에 주수는 조그맣게 대답하

고 석류빛 우산을 테이블에 놓았다. 서옥 어머니는 밀어내듯 주수를 문 밖으로 내몰았다. 주수는 천심상회 앞 평상에 앉고 싶었으나 서옥 어머니의 눈총에 앉아 보지도 못하고 큰길가에 섰다.

교리 공부를 시작한 첫 일요일, 주수는 미사 시작 시간보다 일찍 성당으로 향했다. 서옥이 기다릴 것이라는 생각에 걸음이 가벼웠다.

성당 정문의 경사진 길을 올라 주수는 성당 길을 뒤돌아보았다. 성당으로 오는 아는 사람은 없다. 약속을 지키기 위해서 어차피 통과해야 할 열려진 문 앞에서 주수는 사방을 둘러봤다. 읍 전경이 손아귀에 잡힐 듯 아담하다. 주수는 심호흡을 두어 번 하고 돌아섰다. 담장에 엎드린 장미 넝쿨에 꽃이 피었다. 주수가 성당에 오나 안 오나 살피고 있는 서옥의 눈동자 같다.

서옥은 미사에 참석하지 않았다. 서옥의 남동생과 함께 온 서옥 어머니는 눈을 부라리며 주수를 살폈다. 주수는 서옥의 남동생 옆에서 미사를 마쳤다.

그 다음 주일에도 서옥의 모습은 보이지 않았다. 주수는 미사에 참석하면 혹시나 서옥이 늦게 오지 않을까 하는 마음

에 주위를 두리번거렸다. 그러나 그때마다 서옥 어머니의 번
득이는 눈빛에 주수는 고개를 숙였다.

5. 원두막

오월 마지막 일요일, 주수는 미사 시간에 성당 반대편으로 발길을 돌렸다.

주일마다 성당 출입문에서부터 미사를 마칠 때까지 자신에게 쏟아지는 서옥 어머니의 눈길이 가시 돋친 몽둥이로 내리치는 것 같았다. 영세를 받는다고 서옥과 자신의 관계가 더 가까워지지 않는다는 현실에도 숨이 막혔다.

주수는 휘파람을 불었다. 심천교에서 바라보는 들판과 바다 풍경은 언제나 기분이 좋다.

천심상회는 문이 닫혀있다. 주수는 옛집 대문간에 걸터앉았다. 옆집 담벼락에 붙은 수국이 주먹크기만한 꽃을 피웠다. 청색 꽃잎이 흰색 꽃잎을 비집고 나온다. 주수는 소리쳤다.

"이 집으로 다시 돌아올 것이다."

주수는 키 큰 소나무 아래 돌다리를 건너 집으로 돌아가기로 마음먹었다. 큰길로 가다가 서옥 어머니를 만나면 할 말이 없다. 생각만 하여도 진땀이 난다. 주수는 들길을 지나 비포장도로를 따라 집으로 걸었다. 아직 미사시간은 끝나지 않았다.

(1)

오늘 하루를 어떻게 보낼 것인가?

고민하던 주수는 새로운 시간 보내기 길을 찾았다. 사람들이 찾아오는 장날에는 집에서 화방사까지 걸어서 왕복하기로 마음을 먹었다.

화방사까지는 십리길이다. 주수는 운동화 끈을 동여맸다. 가벼운 걸음걸이로 심천교를 지나 주수는 천심상회를 힐끔거리며 이어리 고갯길을 넘었다. 오전인데도 아스팔트길이 햇빛을 반사하여 열기를 내뿜는다. 주수는 이어리 마을 입구 삼거리 가로수 아래에 주저앉았다. 왼쪽의 걸어 온 길을 쳐다보고 앞쪽의 걸어갈 길을 바라봤다. 앞으로 가야할 길이 까마득하다. 주수는 한동안 걸어 온 길을 바라다봤다. 두 길을 저울질하며 땀을 식힌 주수는 화방사로 가는 길을 향해 일어섰다. 모자를 쓰지 않은 주수는 햇볕의 열기 속을 헤집는 기분이었다.

드디어 화방사 입구 마을 정자나무 아래에 섰다. 주수는 걸어 온 길을 내려다보며 더위를 참고 여기까지 온 것이 기뻤다. 들판 끝의 창선도가 심천교에서 보는 것보다 더 반갑다. 창선도 끝에서 하늘과 바다가 맞닿아 있다. 창선도 위로 준명과 서옥의 웃는 얼굴이 떠오른다. 주수는 두 사람을 부르기라도 하듯 소리치며 기지개를 켰다. 망운산을 타고 내려온 골바람이 정자나무를 휘감는다. 머리를 스치는 생각을 주수가 읊었다.

"사랑은 하늘이고 결혼은 땅이구나!"

비 오는 날은 화방사 길도 갈 수 없다.

목표가 있어도 갈 길을 찾지 못하는 자신의 처지와 같다. 주수는 진주에 가기로 마음을 먹고 어머니 지갑에서 몰래 돈 만 원을 꺼냈다. 비는 생각보다 강하게 온다. 주수는 우산을 펴고 대문 밖을 바라보며 망설였다.

'진주에 가도 그만, 안 가도 그만이다.'

주수는 우산을 매만지다 빗속으로 몸을 내달렸다.

버스 안은 물기로 축축해도 주수의 기분은 가벼웠다. 바닷물에 빗물자국이 드러나는 노량해협을 가로지른 남해대교가 한층 멋져 보인다. 주수는 차창 밖을 바라보며 진주에서 할 일을 정리했다.

'『삼국지』를 사고, 점심을 먹고.'

주수는 고개를 돌려 차 안을 훑어보고 다시 창밖으로 눈길을 보냈다.

'먼저 촉석루를 한번 둘러보고, 점심을 먹고 서점에 가야지.'

버스가 진교에 멈춰 짐칸을 열고 승객을 맞는다. 진교에서 내리지 않는 승객들이 창밖으로 머리를 내밀고 자신의 짐이 실린 짐칸을 뚫어지게 바라본다. 버스는 고속도로를 달려 남강 다리를 건넌다. 언제 그랬냐는 듯 버스 차창으로 빗줄기보다 햇살이 더 강하게 내리쬔다.

주수는 『삼국지』를 사기위해 윤양 병원 쪽으로 걸었다. 서점은 길 건너편이다. 서점 출입문 한 쪽에 공무원 시험 안내표가 커다랗게 붙어있다. 주수는 공무원 시험 안내표를 처음 보았다. 시험안내표는 공짜이다. 『삼국지』는 중국 4대 기서 전집 안에 3권이 들어있다. 주수가 3권의 『삼국지』 가격을 물었다. 그러나 서점 주인은 전집 모두를 사 가라고 요구했다. 주수가 다음에 와서 차례대로 모두 사겠다고 말했지만 서점 주인은 믿지 않았다.

계획했던 『삼국지』 대신 주수는 문학잡지 한 권과 공무원 시험안내표를 손에 들었다. 점심때는 아직 지나지 않았다. 서점 뒤 골목의 중국집에서 간짜장면으로 요기를 한 주수는 윤양 병원 쪽으로 다시 건너왔다. 첫 휴가 때 서옥과 함께 차를 마신 석류 다방을 찾기 위해서다.

석류 다방은 2층이다. 주수는 서옥과 앉았던 창가 자리를 찾았다. 그 때는 석양이 어둠으로 바뀔 무렵이었다. 차를 마시며 주수는 공무원 시험안내표를 펼쳤다.

"나의 길이 있을까?"

주수는 촘촘하게 쓰인 공무원 시험안내표를 읽었다. 창밖은 햇빛이 눈부시다. 젊은 다방 아가씨가 주수 앞의 빈자리를 힐끔거린다. 주수는 빈자리를 앞에 두고 해 질 녘까지 석류 다방에 앉아 있었다.

(2)

이어리 포도밭에 도둑이 들었다는 소문이 읍내에 퍼졌다.

주수는 이 소문을 어머니에게서 들었다. 소문을 들은 다음 날 주수는 수찬의 전화를 받았다. 두 사람은 읍내 중앙 네거리 근처 다방에서 마주 앉았다. 수찬은 예전보다 노숙한 모습을 보였다.

"주수야, 우리 포도밭에 경비 좀 서자."

주수는 포도밭 경비를 서는 이유 같은 것은 묻지도 않고 승낙했다. 주수의 흔쾌한 대답에 수찬이 덧니를 몽땅 드러내며 얼굴이 붉어지도록 웃었다.

주수는 저녁을 먹고 수찬의 포도밭 원두막으로 길을 나섰다. 오늘 밤 경비를 설 포도밭은 망운산 쪽 포도밭이다. 수찬이네는 포도밭이 2개다. 창선도가 보이는 바다 쪽 포도밭은 마을 끝에 있다. 수찬이네 집에서 가깝다.

주수는 콧노래를 부르며 심천교를 건넜다. 심천교에서 천심상회의 굴뚝이 보인다. 주수는 천심상회 굴뚝을 보지 않으려고 고개를 망운산 쪽으로 돌렸다. 천심상회만 지나면 내리막길이다. 주수는 발걸음을 재촉했다. 천심상회를 빨리 지나치기 위해 주수는 주먹을 쥐고 뛰었다. 읍내로 들어가는 준명이네 여객버스가 더운 김을 내뿜는다. 주수는 숨을 참으며 빠르게 걸었다. 준명이 형님 주유소만 지나면 천심상회는 눈앞에서 사라진다. 고개를 돌리지 않으려고 주수는 마음을 단단히 먹었다. 목이 움직이지 않도록 목에 힘을 넣었다. 망운산 석양이 횃불처럼 붉다. 주수는 심호흡을 했다. 그리고 고

개를 오른쪽으로 돌리고 말았다. 천심상회 굴뚝에서 연기가
피어오른다. 주수는 뒤돌아서서 망부석처럼 천심상회를 바
라보았다.

　수찬의 포도밭은 큰길에서 밭 한 뙈기 지나 산 입구에 있
다. 포도밭은 나무숲에 가려 큰길가에서 잘 보이지 않았다.
수찬은 기타를 껴안고 주수를 맞이했다.
　"이 포도밭을 내 몫으로 요구했다."
　수찬의 말에 주수는 고개를 끄덕거리고 원두막 주위를 둘
러봤다. 큰길 쪽 경사진 곳의 포도나무 두 줄에 넝쿨 밑동이
없다. 한 달 뒤면 포도 수확 철이다. 주수의 눈길을 보고 수
찬이 포도밭 절도 사건을 애기했다.
　"범인은 아직 못 잡았다."
　주수는 모르는 체 더 묻지 않았다. 소문처럼 피해가 크
지 않은 듯 수찬은 걱정하지 않는 눈치다. 수찬이 대중가
요 모음 노래책을 뒤적이며 주수에게 신청곡을 주문했다.
"너 마음대로 해라."면서 주수는 쌓아놓은 이부자리에 몸
을 기댔다. 수찬이 손바닥으로 노래책을 눌러 펼치고 기타
를 뜯었다. '여고시절'이다. 두 사람이 고등학교 때 유행했던
노래다. 원두막 주위가 어두워지면서 불을 밝힌 원두막에서

바깥이 잘 보이지 않는다. 주수가 수찬의 기타 반주에 맞추어 노래를 부른다.

"어ー느 날ー 여고 시절ー"

노랫소리는 원두막의 썰렁한 기분을 떨쳐내었다. 주수는 이불을 베게삼아 망운산을 감싼 하늘의 별들을 바라봤다. 맑은 물이 흐르는 개울가에 앉은 기분이다. 산골짜기에는 달빛이 뽀얗게 쌓였다.

"아마 주수 너도 아는 사람일 거다."

수찬의 첫사랑 이야기는 유월의 포도넝쿨처럼 원두막을 휘감아 올랐다.

−첫사랑 송봉애−

그녀는 수찬의 초등학교 동창생이다. 수찬이 초등학교 3학년 때 수찬의 학급으로 전학 왔다. 하얀 블라우스를 입고 짧은 치마에 스타킹을 신은 송봉애는 수찬의 가슴과 머리를 송두리째 파괴했다. 수찬은 봉애를 만나는 즐거움에 학교를 가고 봉애를 그리워하며 밤을 보냈다. 그러나 봉애와의 만남은 짧았다. 봉애는 일 년도 못되어 읍내로 전학했다. 주수가 다니는 남해초등학교다.

수찬은 봉애를 만나기 위해 열심히 공부했다. 드디어 읍내 중학교에 입학하여 봉애를 찾았다. 중학생이 된 봉애는 더더욱 수찬의 가슴을 잡아 뜯었다. 조각난 가슴으로 봉애를 향하던 열정은 또다시 천둥치는 억센 소나기를 만났다. 봉애가 부산으로 다시 전학을 갔다. 수찬은 봉애에게 들리지도 않는 약속을 소리쳤다.

"죽어도 널 찾아 갈 것이다."

지성이면 감천이라고 수찬은 봉애를 만나기 위해 양복을 입었다. 봉애를 처음 본 초등학교 3학년 때부터 꼭 십 년만이다.

수찬이 잠시 말을 멈추고 주수를 향해 덧니를 내보이며 입에서 바람 소리를 냈다. 주수가 만남의 결론이 궁금해 수찬에게 눈빛을 번득였다. 뜸을 들이던 수찬이 웃으며 소리쳤다.

"첫사랑은 다시 만나지 마라. 실망해."

주수가 그 뜻을 몰라 수찬에게 설명을 재촉한다. 수찬이 덧니를 내보이고 크게 웃으며 얼굴이 붉어졌다.

"아니 글쎄, 술집에 있더라니까?"

수찬이 다시 한번 웃으며 돌아눕는다.

"첫사랑은 가슴에서만 이루어지는 건가 봐."

주수가 수찬의 첫사랑을 물고 늘어졌다.

"그래서 아무 일도 없이 그냥 왔어?"

수찬이 혀를 찬다.

"그때는 어쩌면 그렇게 좋은지, 왜 그리 보고 싶은지."

이곳 포도밭에서 마지막 만남과 봉애의 슬픈 집안 이야기를 들려주고 수찬이 기타를 당겼다.

애창곡 '옛 시인의 노래'다. 주수도 좋아하는 노래다.

수찬의 기타 연주와 함께 밤은 깊어갔다. 큰길에 자동차가 지나간다. 꿈결에서 들리는 소리 같다. 수찬이 덧니를 숨기며 자신의 미래를 설계했다.

"이 포도밭을 나에게 주면 대학원을 포기한다고 했다."

포도밭 경비는 사흘 만에 끝났다.

"범인이 잡혔다."

수찬이 애매한 표정을 지으며 주수에게 말했다. 주수는 범인이 누구냐고 캐묻지 않았다. 어머니에게서 이미 들었다.

"큰애미 딸들이 포도나무를 잘랐다고 그러네."

수찬의 집안 사정이 복잡하든 어떻든 주수는 수찬과 함께 시간을 보냈다.

주수는 남몰래 지방공무원 시험에 응시했다. 9급 보건직이다.

공무원 시험을 치루고 난 주수는 삼복더위에 화방사 길을 다시 찾았다.

'이 시험마저 떨어지면 무슨 염치로 사람을 대할까?'

주수는 땡볕이 쐬어진 아스팔트길을 모자도 없이 걸었다.

'차라리 시험을 치지 말 걸.'

주수는 스스로 부끄러움에 땀이 흘렀다.

'합격해도 친구들이 비웃겠지?'

주수의 입가에 쓴웃음이 번졌다.

엿가락처럼 늘어진 아스팔트 십리 길을 주수는 합격자 발표일까지 날마다 걸었다. 그리고 성당 교리 공부도 빠지지 않았다.

한 달 뒤 주수는 공무원시험 합격 통보를 받았다.

추석을 보름 정도 남겨두고 주수는 부산의 경남공무원 교육원에 들어갔다. 공무원 기본교육을 받기위해서다. 교육기간은 9주간이다.

(3)

주수가 영세를 받는 날에 서옥과 준명은 결혼식을 올린다.

음력으로 구월 보름, 양력으로 시월 마지막 일요일이다. 집 뒤뜰의 유자가 달빛에 서리를 맞고 잊을 수 없는 향기를 내뿜는다. 심천리 들판의 벼는 모두 집안으로 옮겨지고 들판은 마늘 싹으로 채워졌다.

주수는 정장을 하고 영세를 받기위해 성당으로 향했다. 준명의 결혼은 어젯밤 전화로 축하했다. 담배 한 개비를 뽑아 두 손으로 비비며 주수는 성당 입구에서 창선도를 바라보고 섰다. 들판의 마늘 싹이 화난 서옥 어머니의 눈초리 같다.

'영세 받는 날은 틀림없이 참석해야 한다. 그렇지 않으면 하느님의 벌을 받을 것이다.'

주수에게 보낸 서옥 어머니의 전보 내용이다. 주수는 공무원 교육기간에 이유 없이 몸무게가 10킬로그램이나 빠지는 고통을 겪었다. 주수는 깊이 빨아들인 담배 연기를 창선도를 향해 힘껏 내뱉었다.

서옥은 신부 화장을 받는다.

남해초등학교 아래 샛길의 미장원이다. 거울에 비친 서옥의 모습을 보고 미장원 여주인이 감탄사를 연발한다.

"남해에 이런 미인이 다 있었나?"

서옥은 미소 없이 거울 속 달라진 자신의 모습을 뚫어지게 바라봤다.

준명은 남변동 홰나무 옆 단골 이발사의 인사를 받으며 머리를 손질한다. 세상을 다 가진 듯한 준명의 웃음 진 얼굴이 커다란 거울에 가득 찬다.

성당 본관 입구에 주수의 대부가 될 목자동물병원 원장이 주수를 기다리고 섰다. 왼손에는 네모 진 봉투가 들려있다. 검은 색 정장을 한 목자동물병원 원장은 구둣발로 시멘트 축담을 툭툭 차며 성당 정문을 바라본다. 서옥 어머니와 남동생은 보이지 않는다. 성당 입구 담벼락의 장미는 떨어진 꽃잎 자리에 씨방을 딱딱하게 키웠다.

진서옥과 정준명의 결혼식장은 정문 입구부터 인산인해다. 서옥은 웨딩드레스를 감아쥐고 신부대기실로 들어섰다. 사회자의 안내 방송이 웅성거리던 하객들의 목소리를 낮춘다. 신랑 신부의 앞길을 밝힐 촛불이 켜지고 준명이 걸어 나와 주례단 앞에서 신부를 기다린다.

천국의 예비 입학식, 가슴을 누르는 풍금 소리에 맞추어 주수는 흰 장갑을 끼고 하얀 사제복을 입은 신부 앞으로 나아갔다. 주수의 오른쪽에는 함께 교리를 배운 할머니들이 차례로 줄을 이었다. 신부 뒤 벽면의 십자가상이 오늘따라 주수의 눈에 선명하다.

우레와 같은 박수를 받으며 서옥이 웨딩드레스를 길게 늘어뜨리며 준명에게로 다가온다. 서옥을 바라보는 준명의 입이 기쁨을 참지 못해 비틀어진다. 결혼 행진곡에 발맞추어 준명과 서옥은 단상으로 향한다. 친구들의 환호와 불꼬리를 하늘로 날리는 축포가 예식장을 뒤흔든다. 주례가 두 사람의 결혼이 성립되었음을 하객에게 소리친다.

창백한 얼굴의 주수가 제단 위 하얀 사제복의 신부 아래 섰다. 신부의 성호와 함께 주수의 이마에 성수가 부어졌다. 기울어진 주수의 얼굴에 성수가 흘러내린다. 정면 십자가 속의 예수가 몸을 뒤튼다. 성수가 사라진 자리에 주수의 눈물이 뒤를 따른다. 하얀 사제복 뒤로 서옥의 얼굴이 성당에 가득 찬다. 주수는 천국에서 사용할 새 이름을 받았다. 그리고 아무 소리도 들을 수 없었다.

서옥의 하얀 손가락에 준명이 결혼반지를 깊숙이 끼웠다.

인생은 항해와 같다는 주례의 목소리가 숨 가쁘다. 사랑의 진실은 최고의 행복이라며 주례가 입가에 거품을 문다. 준명의 팔을 잡은 서옥이 조그맣게 흔들린다. 준명이 힘을 주어 서옥을 붙잡는다. 주례가 두 사람을 미래의 길로 출발시킨다.

"신랑 신부 출발."

다시 한번 우레와 같은 박수와 환호가 예식장을 뒤흔든다.

시간과 공간을 망각했던 순간을 지나 주수는 성당 건물 바깥 햇빛 속에 섰다. 대부가 축하 인사를 한다. 주수는 아무 말이 없다. 대부가 건넨 서옥의 선물 봉투를 받고 주수는 점심도 거절하고 집으로 향했다. 시장 아래 집까지 가는 동안 주수는 아는 사람을 한 사람도 보지 못했다.

장소를 옮긴 피로연에서 준명은 입가에 고추장이 묻은 채 벌어진 입을 다물지 못한다. 친구들의 만장일치로 결정된 신부의 축가는 '사랑이라 말하지 못하고'로 시작되는 유행가 '친구라 하네'이다. 신부의 노래가 끝나자 신랑 신부의 친구들은 '천심별당' 바깥의 사람들이 놀라 걸음을 멈출 정도로 '우인상'을 두드리며 환호했다.

천심별당 마당에는 두 사람을 태울 대형 승용차가 기다린다. 동생의 신혼여행을 위해 준명의 큰형님이 보내 온 '애마'이다. 신혼 여행지는 제주도다. 신부 들러리를 함께 태운 대형 승용차가 김해공항까지 신랑 신부를 바래다 줄 것이다. 서옥 옆에 앉은 선분이 애교끼 묻은 목소리로 신랑 신부의 첫날밤을 꼬집는다.

주수는 공무원 교육원으로 돌아가기 위해 부산행 버스에 올랐다. 교육은 아직 일주일 남았다. 주수는 버스의 오른 쪽 창가에 앉았다. 심천리 들판 너머 창선도 앞바다가 거울처럼 눈부시다.

주수는 서옥의 선물 봉투를 열었다. 성경 한 권과 나무장미로 만들어진 묵주 그리고 서옥의 편지가 들어있다. 사각형 봉투에는 하트 모양의 석류빛 카드가 접혀있고 중앙의 은빛 십자가 아래 서옥의 마음이 숨어있었다.

'천국에는 결혼도 이혼도 없다.'

(4)

남해보건소로 주수는 첫 발령을 받았다.

보건소는 준명이 개업한 식당 '천심별당'과는 두 구획 정도 떨어져 있다. 걸어서도 오 분이면 도착할 수 있다. 천심별당에는 주야로 손님이 많았다. 점심시간에는 군청 직원들도 줄을 이어 찾아들었다. 주수는 점심을 집에서 먹었다. 집으로 갈 때는 천심별당이 보이지 않는 읍 중앙도로를 지나갔다.

십일월의 마지막 일요일, 주수는 성당으로 가는 오르막에 억지로 발걸음을 옮겼다.

'이번 주일만 가고 미사를 마쳐야지.'

몇 번이나 중얼거리지만 마지막 주말을 아직 결정하지 못했다. 성당에서 바라보는 읍내 풍경이 손에 잡힐 듯 아담하고 보기 좋다.

미사 준비를 하는 찬송가 소리가 서옥의 웃음소리처럼 맑다. 주수는 성호를 긋고 맨 뒷좌석에 앉았다. 준명과 서옥이 복도 쪽 앞줄에 나란히 앉아있다. 주수는 얼굴을 아래로 한 채 두 눈은 치켜뜨고 서옥의 뒷모습을 바라봤다. 미사 수건 밖으로 서옥이 마주 볼 것 같은 기분이다.

안경 낀 신부가 '아멘'을 외칠 때까지 주수는 서옥의 미사 수건만 쳐다봤다. 그러나 서옥의 미사 수건은 한 번도 주수 쪽으로 벗겨지지 않았다. 미사를 마친 주수는 남들이 말을 걸 사이도 없이 빠르게 성당을 벗어났다. 성당 담벼락의 장미 넝쿨이 찬바람에 가시를 부풀렸다.

그다음 일요일에 주수는 미사에 참석하지 않았다. 그다음 주일에는 주수는 늦잠을 잤다. 성탄절을 열흘 앞둔 일요일 저녁에 주수는 대부로부터 만나자는 연락을 받았다.

"무슨 일이 있나? 왜 성당에 안 나와?"

붉은색 넥타이에 회색 양복을 입은 목자동물병원장은 불안한 눈빛으로 주수를 바라봤다. 주수는 성당에 가면 서옥이 보고 싶어 견딜 수 없다는 이유를 설명하지 못했다. 대부는 주수의 손을 잡으며 믿음을 전달했다.

"이번 성탄절에 고해성사도 하고, 내년부터 새롭게 시작해."

감정 표현이 서툰 대부는 두 손으로 주수의 손을 꼭 쥐었다. 대부는 주수보다 남해초등학교 다섯 해나 선배다. 주수는 대부의 부탁을 거절하지 못했다. 희미한 주수의 대답에도 대부의 입이 얼굴을 가를 듯 늘어졌다.

고해성사는 성탄절 나흘 전 저녁이다.

주수는 기도서를 보고 성사 준비를 했다. 고해할 말을 시나리오처럼 만들어 몇 번이나 반복하며 연습했다.

저녁밥도 먹지 않았는데 동지의 어둠이 성당을 감싼다. 주

수는 자신의 시나리오를 되뇌며 고해소에 들어갔다. 고해소
는 주수의 생각보다 좁았다. 얇은 천으로 가린 저편 공간에
서 신부의 숨소리가 들린다. 안경 낀 신부의 얼굴이 주수의
얼굴에 와 닿는 느낌이다.

"제가 큰 죄를 지었습니다."

주수는 자신의 시나리오를 까먹고 순간적으로 생각지 않
은 대사가 흘러나왔다. 무슨 죄를 지었는지 자세하게 말하라
는 신부의 목소리가 들렸다. 주수는 다음 말을 잇지 못했다.
그 죄가 무엇인지 말하라는 신부의 재촉이 튀어나온다. 주수
와 신부 사이에 내려진 가림막을 뚫고 신부의 눈빛이 주수를
찌르는 것 같다. 주수가 더듬거리며 입을 열었다.

"제가– 큰 죄를– 지었습니다."

주수는 다음 말을 또 잇지 못하고 한숨을 쉬었다. 다음 말
을 기다리던 신부가 그 죄가 어떤 죄인지 말하라며 목소리에
짜증을 섞었다.

주수는 어깨를 펴고 눈에 힘을 주었다. 고해소 가림막 사
이로 서옥의 모습이 보인다. 그리고 서옥을 바라보는 신부의
눈초리도 따라왔다. 서로의 얼굴을 볼 수 없을지라도 두 사
람이 무료함을 느낄 즈음 주수가 다시 입을 열었다.

"제가 큰 죄를…"

주수가 한 문장을 다 말하기도 전에 신부가 큰소리를 냈다.

"도대체 그 죄가 무엇이냐 말이냐?"

주수는 눈을 감았다. 얇은 가림막 사이로 신부의 거친 숨소리가 주수를 억눌렀다. 주수는 쓴웃음을 지으며 허리를 세웠다.

'신부도 사람이다.'

'준명과 서옥은 결혼했다.'

'서옥은 행복하다.'

대답을 기다리던 신부가 주수를 나무라며 목청을 높였다.

"그 죄가 무엇입니까? 자세하게 말하세요."

주수는 눈을 뜨고 신부가 있는 가림막을 쳐다봤다. 고해소는 처음보다 더 어두워졌다. 신부의 질투하는 듯 붉은 얼굴이 나타나고 서옥의 웃는 모습이 그 옆에 서 있다. 주수는 고해하려고 한 죄에 대한 설명을 하고 싶지 않았다.

"제가 잘못되었습니다."

주수가 처음보다 밝은 목소리로 신부에게 대답했다. 가림막 너머로 신부의 거칠고 빠른 목소리가 튀어나왔다.

"고해성사, 다시 하세요."

혼자 길 가다 넘어졌다 일어선 아이처럼 주수는 주위를 두리번거리며 고해소를 나왔다.

(5)

새해를 맞이하여 주수는 성당으로 가는 발길을 수찬에게
로 돌렸다.

두 사람은 대학을 졸업한 지 삼 년이 지나도 아직 자신이
변화할 더 나은 새로운 미래를 믿고 있었다.

다시 원두막의 계절이 왔다.

주수는 주말이면 수찬이네 포도밭 원두막에서 밤을 지새
웠다. 모를 낸 논에서 개구리가 자지러지게 우는 밤에 수찬
이 주수에게 물었다.

"단식이 어떤 것인지 아나?"

주수는 얼른 대답하지 못했다. 수찬이 미소를 지으며 '용
어'를 설명한다.

"단식이란 막연히 음식을 굶는 게 아니라…"

수찬이 조리 있게 단식을 설명했지만 주수는 관심 있게 듣
지 않았다.

"위가 안 좋으면 병원에 가면 되지, 뭐 하러 그런 힘든 방

법을 선택하노?"

주수의 대답에 실망한 듯 수찬이 주수의 말을 막고 단식에 대한 용어를 다시 설명했다.

"장 속의 '숙변'을 배출하면 새로운 장기를 이식하는 것과 같은 효과가 있다는 거야."

주수는 믿지 못하겠다는 듯 의아한 눈빛으로 수찬을 쳐다봤다.

"나도 처음에는 의심했는데 대학 선배가 터무니없는 소리를 하겠나?"

수찬이 주수의 얼굴을 살펴보며 자신의 뜻을 밝혔다.

"현장에 직접 가보고 결정하기로 했다."

수찬은 어떤 확신을 가진 듯 표정이 진지했다.

개구리 울음소리에도 아랑곳 않고 포도가 푸르름을 옹차게 뭉치는 시기에 수찬은 '원초적 똥'인지 '최후의 똥'인지 하는 '숙변'을 보기위해 단식원으로 떠났다. 대학 선배가 운영하는 단식원은 청원에 있다고 했다.

남해는 육지에서 오는 기차도 없고 신나게 달리는 고속도로도 없다. 그러나 명절이 되면 만남의 소용돌이가 생긴다. 육지에서 온 친척들이, 친구들이 만든 만남의 회오리는 집집

마다 사연을 남긴다.

주수는 추석 전날부터 연이틀 숙직 근무다. 남자 직원이 적은 보건소에서 고향이 타지인 사람을 제외하고 또 어르신들을 배려하고 나니 숙직 근무는 총각인 주수의 몫이 되었다. 숙직 근무자는 한 명이다. 숙직실은 연탄 온돌방으로 두 사람이 몸부림치며 누울 수 있는 정도의 큰 공간이 아니다. 숙직실은 현관 정문 안쪽에 자리했다.

보건소 건물은 오래되어 문틈으로 바람이 스며들고 창문 흔들리는 소리가 끊이지 않는다. 사무실은 본채에 T자 형으로 이어붙인 건물 2층이다. 이어붙인 2층 건물은 해방 후에 지었고 본채는 해방 전에 학교로 쓰였다.

본채는 수납 및 약국실, 진료실, 결핵관리실 그리고 숙직실과 병리검사실이 현관에서 옆으로 누운 T자 형으로 자리했다. 이어붙인 2층 건물 1층에는 2층으로 가는 계단아래 화장실이 있고 그 옆에 창고와 X선 촬영실이 붙어있다. 비가 오는 날은 빈 진료실에서 빗물 떨어지는 소리가 밤새 들린다.

추석날 해질 무렵 주수는 숙직 근무를 하기 위해 보건소로 향했다.

근무 교대시간이 삼십 분이나 남았다. 주간 근무자를 퇴근시킨 주수는 현관문을 닫고 숙직실에 앉았다. 소리를 낮춘 텔레비전을 보면서 주수는 바깥 소리에 귀를 세웠다. 바깥이 어두워지면 현관 유리창이 거울처럼 안쪽이 비춰진다.

하늘로 솟아오르는 폭죽 소리가 길게 꼬리를 문다. 주수는 창밖을 내다봤다. 커다란 유리알 같은 하늘에 불꽃이 핀다. 불똥이 머리위로 떨어지는 착각이 든다. 텔레비전의 채널을 바꾼 주수는 벽에 등을 기댔다. 즐거운 명절 화면이 오히려 마음을 더욱 가라앉게 만든다. 주수는 점퍼를 벗고 팔베개를 하여 비스듬히 누웠다. 폭죽 소리가 멀어지면서 괜한 고독감이 밀려온다.

작은 철제 정문을 통과하는 소리도 없이 현관 유리문 두드리는 소리에 주수는 황급히 일어섰다. 현관문 유리에 얼굴을 붙이고 안을 살피는 사람은 수찬이었다. 주수가 문을 열자 수찬이 덧니를 보이며 활짝 웃었다. 수찬은 가져온 음식을 펼치며 소리쳤다.

"나, 대학원 간다."

일회용 컵에 술을 따르며 수찬이 말을 이었다. 상기된 얼굴에 수찬의 이마가 형광등빛을 강하게 반사한다.

"단 조건이 하나 있다."

수찬은 덧니를 몽땅 내보이며 주수에게 술을 권했다. 주수가 묻지 않아도 스스로 대답했다.

"올해 안에 장가를 가야 한다."

수찬은 소리 내어 웃었다. 올해는 두 달 밖에 남지 않았다. 음력으로 계산하면 석 달은 된다. 즐거워하는 수찬을 보고 주수는 내심 놀랐다. 주수는 맥주 2병을 더 사왔다.

두 사람이 원두막에서 밤을 지새우며 지킨 망운산 아래 포도밭은 수찬의 몫으로 허용되지 않았다. 그 대신 대학원 진학과 생활비 일부가 지원되는 것으로 수찬의 재산 분배는 끝났다. 단 올해 안에 결혼을 해야 한다는 전제 조건을 충족시킨 이후에 효력이 발생한다는 약속이란다.

수찬의 미래에 축하를 해야 하는지 가만있어야 좋은지 몰라 주수는 너털웃음을 웃으며 술잔을 기울였다. 수찬의 얼굴이 술기운에 달아올랐다. 넓은 이마가 유난히 반짝인다. 주수는 충혈 된 눈으로 수찬을 보며 물었다.

"결혼 할 여자는 정해졌나?"

수찬이 쓴웃음을 지으며 덧니를 내보인다.

"난 아직 몰라."

수찬의 표정에 결혼보다 대학원 진학이 더 중요한 일로 보였다. 수찬의 얼굴을 바라보는 주수의 거친 호흡이 텔레비전 소리와 빠르게 섞인다.

"너무 서두르는 것 아닌가?"

주수의 반문에 수찬이 술잔을 든다.

"어떻게 되겠지?"

수찬이 대답하며 주수의 술잔에 술을 따르기 위해 술병을 비스듬히 들고 있다. 술을 목으로 넘기는 주수의 머리맡에서 보건소와 담을 경계한 식당 화장실 문이 바람에 여닫치며 듣기 싫은 소리를 만든다. 순간적으로 주수와 수찬의 시선이 마주쳤다. 두 사람의 시선 사이로 지나가는 침묵에 환자도 없는 진료실의 창문 흔들리는 소리와 현관문이 삐걱거리는 소리가 공포영화 속의 한 장면처럼 살아난다.

(6)

찬바람에 달력의 마지막 장이 펄럭인다.

뒤뜰에서 가시를 돋우던 유자는 속을 빼내고 유자청이 되어 일 년의 향기를 항아리에 담았다. 그해를 보름 남기고 수찬이 주수를 불렀다. 수찬은 혼자 쓰기에는 큰 자신의 방구들 목에 주수를 끌어당겼다.

"나, 다음 주 일요일에 결혼한다."

주수가 놀라 물어 볼 틈도 없이 수찬이 다음 말을 했다.

"니가 사회 좀 봐 주라?"

주수가 고개를 끄덕이자 수찬이 말을 이었다.

"상대는 심천리에 사는 동갑내기 아가씨다."

잠시 뜸을 들인 수찬이 웃는 듯 마는듯한 표정으로 주수를 쳐다봤다.

"장선분이 아나?"

주수는 아까보다 더 크게 고개를 끄덕였다.

"잘 아는 사이였나?"

수찬이 주수의 얼굴을 살피며 물었다. 주수에게서 무슨 이상한 말이라도 나올까봐 수찬이 눈을 번득인다.

"아ㅡ니."

주수는 눈길 둘 데가 마땅찮아 벽을 한 번 둘러보고 큰 소리를 냈다.

"좋은 사람이다."

수찬이 주수를 바라보고 덧니를 드러내며 얼굴을 붉혔다.

"결혼하지 않으면 아무 것도 도와주지 않겠다는데 어쩔 수 있나?"

덧니를 감추는 수찬의 얼굴이 더욱 붉어졌다. 주수는 말없이 수찬을 바라봤다. 수찬의 눈빛이 어두움보다 밝음 쪽이다.

준명과 서옥이 함께 섰던 결혼 예식장에 수찬과 선분을 위한 촛불이 켜졌다.

주수는 아름다운 문구를 찾기 위해 몇 번이나 지웠다 쓴 사회 말을 무게 있는 목소리로 하객을 안내했다. 선분 어머니의 표정은 앞가슴에 꽂힌 동백꽃잎보다 더 화사하다. 박사가 될 사위를 내 아들인양 바라보는 어머니의 감출 수 없는 미소다.

힘차고 절제 있는 주수의 마이크 소리에 두 사람은 주례 앞에 섰다. 밀려나온 듯한 수찬이 주수를 보고 가늘게 웃었다. 보이지 않는 행복을 향한 선분의 가슴은 웨딩드레스 밖으로 수줍게 드러났다. 기쁨을 감출 수 없는 선분의 얼굴이 곱게 익어있다. 수찬은 선분과 가까워지기 위해 두 다리를 굳게 세웠다. 주수와 주례에게 번갈아 시선을 보내는 수찬의 이마가 색깔 없이 번득인다.

연단의 주례사가 끝나고 하객들의 목소리가 주위를 휘감을 때 주수의 외침으로 결혼식은 막을 내렸다.

"신랑 신부 출발."

피로연은 천심별당에서 치러졌다.

별도로 마련된 '우인상'을 앞에 두고 선분의 가는 목소리가
떨려나왔다.

"사-랑해 당신을- 정-말로- 사-랑-해-"

숨차게 노래 부르는 선분을 서옥이 거들었다. 후렴구가 길
게 반복되는 '사랑해 당신을' 노래가 끝나고 친구들이 다시
한번 힘차게 박수를 치며 수찬을 일으켜 세웠다. 덧니를 살
짝 내보이며 노래를 시작한다. 차분한 목소리로 주수와 함께
포도밭 원두막에서 불렀던 노래다.

피로연이 끝나고 신랑 신부는 신혼여행을 떠났다. 술 한
잔 더 먹자는 준명의 요청을 마다하고 주수는 집으로 향했
다. 세찬 바람에 길가의 흙먼지가 얼굴을 때린다. 주수는 고
개를 숙였다. 천천히 그리고 낮고 분명하게 수찬의 노랫소리
가 들려온다.

-마른 나무 가지에서 떨어지는 작은 잎새 하나 그대가 나
무라 해도 내가, 내가 잎새라 해도 우리들의 사이엔 아무 것
도 남은 게 없어요.-

깊어가는 겨울을 알리는 찬바람이 세차다. 노래의 마지막
부분이 바람에 맞서는 전깃줄이 내는 외마디 소리 같다.

-시인은, 시인은 노래 부른다. 그 옛날의 사랑 얘기를-

6. 죽음의 순서

주수도 결혼했다. 신부는 남해 아가씨다.

결혼 피로연은 천심별당에서 열렸다. 서옥은 피로연 내내 주수의 아내를 훔쳐봤다. 주수는 신부의 손을 잡고 신혼여행을 떠났다. 주수의 뒷모습을 보며 서옥은 마당가 동백꽃을 어루만졌다. 친구들이 떠난 천심별당에 주수의 웃음소리가 사라지지 않는다. 이듬해 주수는 마산으로 전출했다.

(1)

서옥은 결혼 후 줄곧 풀리지 않는 의문이 있었다. 시어머니의 죽음이다.

시어머니는 쉰 살 되어 갑자기 죽었다고 했다. 음력 정월 열엿새가 시어머니의 제사다. 서옥이 제사 음식을 준비하는 부엌 창에는 둥근 달이 걸렸다. 버스 여객회사 길 건너 준명의 큰집을 비추는 달이 대보름인 어젯밤보다 더 밝다.

동네사람들은 준명 어머니가 외간 남자와 바람이 나서 자살했다고 수군거렸다. 서옥도 그런 소리를 들었다. 오늘 시어머니의 제삿날과 생일을 따져보니 그 때 시어머니의 나이는 마흔 아홉이다.

제사상 앞에는 준명 큰형님과 큰누나가 붙어 앉았고 작은 형님은 문지방에 기대어있다. 둘째 누나는 마루에 나 앉았다. 준명 아버지는 열린 방문 안쪽에서 말이 없다. 준명은 부엌방에서 날라 오는 음식을 받아 제사상 위에 차린다. 부엌방에 있던 준명의 새 어머니가 큰방을 기웃거리다가 준명 큰형님에게 핀잔을 맞는다. 준명 큰형님의 덩치만큼이나 굵은 목소리에 새 어머니는 큰방 문턱을 넘지 못하고 부엌방으로 돌아간다.

긴 머리를 쪽지고 한복을 입은 마흔 아홉 살 여인의 영정을 보고 서옥은 동네 사람들의 수군거림이 떠올랐다. 부잣집 마나님이 무슨 말 못할 사연이 있어 그렇게 일찍 세상을 이별했겠느냐? 아마 걷잡을 수 없는 욕망의 회오리에 휩쓸려 자신을 파괴하지 않았겠느냐며 동네 사람들은 제멋대로 고개를 끄덕거렸다.

사진 속 준명 어머니의 눈빛이 흔들림 없이 서옥을 쏘아본다. 서옥은 준명 어머니에 대한 소문을 믿고 싶지 않았지만 머릿속에는 알 수 없는 남자의 얼굴이 떠오르기도 했다. 하늘로 피어오르는 향불 속 준명 어머니의 입은 굳게 닫힌 채 말이 없다.

자식들도 오래 살지 못 할 것이다.

준명 어머니의 죽음 뒤에 따라 붙은 또 하나의 소문이다. 서옥은 몇 번이나 준명의 형제자매를 둘러보았다.

큰 시숙은 준명보다 열다섯 살이나 많다. 덩치가 크고 목소리가 우렁차다. 서옥이 아무리 살펴봐도 일찍 죽을 것 같은 사람은 아니다. 그 아래 큰 시누이인 준명의 첫째 누나도 덩치가 오빠처럼 크다. 덩치에 비해 목소리는 오빠처럼 울림이 없어도 혈색이 밝고 활기차다. 둘째 시누이는 보통 체격에 야무진 몸매에 죽음의 의심을 살만한 구석은 없다.

설마하며 고개가 기울어지는 사람은 둘째 시숙이다. 준명보다 아홉 살 많은 둘째 형님은 몸꼴이 준명과 비슷하며 형님에 비해 많이 야위다. 눈빛도 황갈색에 힘이 없어 보이는 모습에 서옥은 죽음의 신이 오면 둘째 시숙울 먼저 손잡을 것 같았다. 막내 시누이는 준명보다 겨우 두 살 위다.

생각하고 싶지 않은 생각에 빠진 서옥이 향 연기에 취한 듯 시어머니의 영정을 바라보다 자신이 망상의 터널에 너무 깊이 들어 와 있음을 느끼고 머리를 흔들어 온몸에 솟은 소름을 가라 앉혔다.

준명 큰형님의 굵은 목소리가 잦아질 즈음 서울에서 준명의 셋째 누나가 도착했다. 준명의 셋째 누나는 아직 결혼하지 못 했다. 준명의 셋째 누나는 서옥의 인사를 받는 둥 마는 둥하며 방 안으로 들어섰다. 말없이 앞만 바라보는 어머니의 영정을 보고 막내딸은 방바닥에 주저앉았다.

"엄-마-!"

방 안쪽에 있던 준명 아버지가 헛기침을 하며 밖으로 나간다. 준명 아버지는 정원 왼쪽 유자나무 아래에 섰다. 보름달보다 더 큰 열엿새 달이 준명 어머니가 좋아하던 유자나무에 이불을 덮듯 달빛을 쏟아낸다.

(2)

서옥과 준명은 둘째 아이를 아들로 낳기 위해 터울을 조절하며 삼 년을 노력했다. 그러나 둘째도 딸이었다. 준명은 딸의 이름도 첫째 은령과 뜻이 같은 혜령으로 지었다. 아빠의 아쉬운 마음과 달리 두 딸은 밝고 건강하게 자랐다. 생김새는 아빠를 많이 닮았다.

혜령의 첫돌이 지나고 은령이 혜령을 데리고 방 안에서 놀 무렵 준명 아버지는 피로감을 호소하며 자주 드러누웠다. 찬바람이 불고 유자가 향기를 내뿜는 늦가을부터 아예 바깥출입을 못하였다. 농담을 잘하는 준명 아버지는 아들들에게 동네 어른들의 안부를 물었다. 동네 어른들이 살았는지 죽었는지를 확인하는 것이다. 아들들이 답변을 얼버무리면 정곡을 찔렀다.

"그 영감 죽었구나!"

아들들이 대답을 못하고 고개를 돌리면 준명 아버지는 미소를 지으며 천장을 바라봤다.

"다음은 내 차례인갑다."

준명 아버지는 결국 진주의 큰 병원에 입원하였다. 아들들은 아버지에게 곧 회복되실 거라고 말했지만 준명 아버지는 신장 기능의 저하와 혈압이 불안정했다.

준명의 큰형님 준태는 바빴다. 서울의 가족과 남해의 사업장, 진주 병원의 아버지를 보살피려 마음 편히 쉴 시간이 없었다. 이듬해 봄, 준태는 전립선에 이상을 느껴 전문의를 찾았다. 준명은 큰형님이 정상적인 부부생활을 못하다보니 전립선이 제 기능을 못한다며 웃었다. 곧 회복될 것이라는 준명의 말처럼 준태는 한 달도 안 되어 여객버스회사 앞에 모습을 보였다.

멀리서 보면 치자 꽃이 하얀 십자가처럼 보이는 초여름에 준명의 큰형님은 쓰러졌다. 간에 이상이 있다는 의사의 소견이었다. 오십도 안 된 나이이니 곧 일어날 것이라고 준명이네 식구들은 믿었다. 그러나 준태는 일어나지 못했다. 준명의 큰형님이 간경화라는 소문이 읍내에 퍼지기도 전에 준태의 장례 소식이 들렸다. 준명의 큰형님 준태의 나이는 마흔아홉 살이었다.

큰시숙의 장례를 마친 날 저녁, 서옥은 심천교 난간에 걸터앉았다. 망운산이 덮칠 듯이 커다랗게 보인다. 이제 시어머니의 죽음에 대한 궁금증도 풀어졌다. 동네 사람들의 소문과 달리 시어머니는 큰시숙처럼 간경화로 죽은 것이다. 서옥은 이빨 사이로 신음과 한숨을 밀어냈다.

"준명은 몇 살까지 살 수 있을까?"

서옥은 고개를 떨구었다. 심천교 아래 논에서 개구리들이

이 가는 소리를 낸다. 서옥은 일어나 뒤돌아섰다. 창선도 앞 바다에 멸치 배의 불빛이 모닥불 같다.

'나에게 다시 선택할 수 있는 시간은 없다.'

서옥은 자신도 모르게 이름을 불렀다.

"주수야!"

심천리 들판에 짝을 찾기 위한 개구리들의 울음소리가 필사적이다.

여름 내내 뙤약볕을 잡아당긴 유자가 노오랗게 짙어질수록 준명 아버지는 큰아들을 자주 찾았다.

"준태 왔나?"

곁에 선 준명이 큰형님은 서울 갔다가 곧 올 것이라고 대답했다. 준명 아버지는 천장을 쳐다본다.

"저번에도 서울 갔다더니…"

아는 듯 모르는 듯한 표정을 짓는 준명 아버지는 침을 삼키고 눈을 감았다.

"준태 오면 날 깨워라."

큰아들을 만나겠다는 준명 아버지의 기다림은 이루어지지 않았다.

가을 햇살을 몽땅 담은 유자가 주인의 손에 떨어질 때 준명 아버지는 아내 곁에 누웠다.

아내를 저승으로 먼저 보내고 방황했던 자신의 묘비에는 모든 이를 사랑하는 양팔 벌린 예수님 같은 십자가(十)를 새겼다. 16년 만에 자신의 곁에 돌아온 남편을 맞이하는 준명 어머니의 머리맡에는 한없이 용서하는 미소의 부처님 가슴 만(卍) 자가 그려져 있다.

(3)

천심별당은 서옥의 마음과 상관없이 손님들이 줄을 이었다.

성탄절 행사를 마친 서옥은 하루 내내 누워있었다. 찌푸린 날씨만큼이나 마음도 가볍지 않다. 천심별당도 오늘은 쉰다. 눈이 내리려는 지 밤이 다가오는 지 사방이 어둡다. 서옥은 저녁 준비를 위하여 몸을 일으켰다. 준명은 아이들과 콩쥐팥쥐 이야기를 하며 놀고 있다. 서옥이 아래층으로 가기위해 계단 받침대를 잡을 때 밖에서 자신을 부르는 소리가 들렸다.

"서옥아-"

서옥이 귀를 세우고 몸을 숙였다. 다시 한번 머뭇거리며 부르는 소리가 들려왔다.

"서-옥-아-"

서옥이 눈을 번쩍이며 허리를 폈다. 선분의 목소리다. 서옥이 계단을 뛰어내리며 문도 열지 않고 외쳤다.

"선분아-"

뜯어낼 듯 문을 연 서옥이 선분을 껴안고 이층 방으로 데려왔다. 가냘픈 선분의 몸매가 결혼 전 보다 더 가냘프다. 쌍꺼풀 진 눈은 안으로 들어가 눈꺼풀이 세 꺼풀이 되었다.

선분이 서옥을 보고 얼굴을 붉히며 고개를 떨어뜨렸다.

"나, 이혼 했어."

서옥은 "왜?"라고 묻지도 않고 선분을 곁으로 당겨 앉혔다. 서옥이 말없이 선분의 눈을 찾았다. 선분이 눈물을 삼키며 서옥에게 쓰러졌다. 서옥의 눈에도 구슬 같은 물방울이 맺혔다. 선분의 어깨 진동이 서옥의 허벅지를 뜨겁게 파고든다.

"배운 거는 없어도, 열심히 살아보려고 부식가게도 차리고…"

선분은 서러움에 울음소리마저 부서져 나왔다.

"둘째 아이 마저 기어이 유산 시키더니…"

선분의 감정은 장작불 열기에 가마솥 뚜껑이 튀어 오르듯 터졌다. 가슴속에서 솟구치는 슬픔은 선분의 성대를 찢을 만큼 팽창시켰다. 서옥은 선분이 실컷 울도록 등을 쓰다듬었다. 서옥의 눈과 코도 슬픔의 액체로 가득 찼다. 과거를 생각하고 싶지 않은 두 사람은 깨어진 마음이 제자리를 찾을 때까지 살을 맞대고 있었다. 성탄을 찬양하는 종소리가 그네를 타듯 창문을 넘나든다.

어머니의 저녁을 준비해야 한다는 선분을 승용차에 싣고 서옥은 심천리 선분의 집까지 데려다 주었다. 선분이 뒤돌아보며 손을 흔든다. 서옥도 차에서 내려 손을 흔들었다. 두 사람을 내려다보는 키 큰 소나무가 몸을 흔든다. 돌아서지 않는 서옥의 얼굴에 부딪치는 솔잎이 날카롭다.

(4)

음력 섣달그믐

집집마다 전 부치는 소리와 음식 익는 냄새가 담장 밖으로 넘쳐난다. 선분은 서옥이 챙겨주는 과일과 설 선물을 들고 점심을 먹은 후 집으로 향했다. 두 버스여객회사를 사이에 둔 읍 중앙사거리는 귀성객으로 활기차다. 선분은 우체국을 지나 준명의 여객버스회사 쪽으로 천천히 걸었다.

이혼하여 고향으로 돌아온 후 선분은 두어 달 동안 집에서 몸을 추스른 뒤 천심별당에서 일하고 있다. 선분이 시장통에서 부식가게를 차리려 했으나 서옥이 반대하였다.

서옥이 챙겨준 선물을 두 손에 들고 선분은 버스에 올랐다. 남해 밖으로 나가는 버스는 텅 비었다. 선분은 버스 오른편 창가에 앉았다. 곧 내릴 것이라 출입문 바로 뒷자리를 선택했다. 버스가 유림동 고개를 오르자 정면에는 심천리가 다가오고 오른쪽에는 창선도 앞바다가 파도를 하얗게 일으킨다. 언제 봐도 가슴 설레는 광경이다. 심천리에는 선분 혼자 내렸다.

천심상회 옆 동네 큰 길을 지나 키 큰 소나무 끝이 보이는 느티나무 아래에 선분이 짐을 내려놓고 허리를 폈다. 키 큰 소나무 윗부분이 하늘에 매달린 듯 흔들린다. 같은 하늘에서 흔드는데도 두 소나무의 움직이는 속도가 다르다. 서로 가위지게 흔들린다. 소나무를 바라보던 선분이 손을 몇 번 오므렸다 폈다 하고 짐을 다시 들었다.

집 안은 조용하다. 선분은 대문간에서 키 큰 소나무를 뒤돌아보며 소리 나게 숨을 길게 쉬었다.

선분의 옆집에도 설 준비를 하는 며느리의 기침 소리가 들린다. 마당에 놓인 쇠솥의 뚜껑 여는 소리가 대문 밖까지 울린다. 숨 가쁘게 기침을 자주하는 옆집 며느리는 구십이 넘은 시어머니를 모시고 산다. 구십이 넘은 할머니의 아들은 환갑도 못 지내고 술병으로 죽었다. 죽은 지 이십 년이 다 되었다. 자신의 아버지보다 먼저 세상을 떴다. 아들을 먼저 보낸 아버지는 담배 연기로 눈물을 감추었다. 명절 때 손님들이 인사하면 담배 선물부터 챙겼다. 애를 태우던 자식 때문에 담배만 태우던 그 아버지도 육 년 전에 눈을 감았다.

이제는 시어머니와 며느리 둘만 산다. 며느리는 몸이 안 좋다. 폐가 굳어지는 병이라며 특별한 치료 방법이 없다고 한다. 자신의 몸도 피곤한데 시어머니는 밥도 잘 드신다. 시간만 나면 시어머니는 시아버지 상여가 지나간 다리 가에 앉아있다. 오늘도 명절이라 자식들을 기다리며 대문간을 서성인다. 시어머니는 아들 하나에 딸 여섯을 낳았다.

"어머님은 넘어지면 어쩌려고 자꾸 밖으로 나 다니십니까?"

며느리는 기도가 찢어지는 듯한 기침 소리와 함께 솥뚜껑이 시멘트 바닥에 떨어지는 듯한 고함을 친다. 키 큰 소나무를 흔드는 바람 소리가 담장을 스친 뒤 시어머니의 고무신 끄는 소리와 나무지팡이를 마루에 올려놓는 소리가 들린다.

집으로 오는 사람은 없다.

선분이 열린 대문 고리를 잡고 주위를 둘러봤다. 키 큰 소나무 두 그루는 여전히 머리를 하늘에서 흔든다.

"엄마─"

선분의 목소리에 아랫방의 오빠 선웅이 먼저 나선다. "이 제 오냐?"는 인사 대신 눈웃음을 지으며 오른손을 내밀어 편다. 선분이 말없이 오빠의 얼굴을 쳐다봤다. 동생의 얼굴을 마주보는 선웅의 얼굴이 붉어진다. 선분이 지갑을 열어 천원짜리 지폐 두 장을 선웅의 손바닥에 얹었다. 돈을 받아 쥔 선웅의 얼굴이 술기운이 오르듯 붉어지며 미소를 짓는다.

선웅은 뒤돌아 대문을 향하여 걸었다. 땅을 디디는 두 다리에 힘의 균형이 어긋난다. 흐느적거리듯 문밖으로 사라지는 선웅을 선분이 소리 낮게 부른다.

"오빠!"

무어라 다짐을 받으려고 말하려다 만 선분이 선웅의 뒷모습을 바라보았다. 키 큰 소나무가 아까보다 머리를 더 세차게 흔든다.

(5)

선웅은 평소보다 빠르게 걸었다.

바짓가랑이 사이를 타고 온 찬바람이 선웅의 하복부까지 냉기를 뿌린다. 선웅이 몸을 웅크렸다. 입맛을 다시며 다리에 힘을 준다. 그래도 한기에 몸이 떨린다. 정해진 갈 곳은 없다. 큰 길 입구 천심상회까지 걸었다. 천심상회는 문이 닫혀있다.

선웅은 헛기침을 두어 번하고 아스팔트 포장 도로에 발길을 올렸다. 오늘은 읍내 대목장이나 구경하자고 마음먹었다. 지나가는 버스가 찬바람을 더 세게 일으킨다. 선웅은 내리막길을 뛰다시피 하여 심천교에 다다랐다. 심천교 난간을 붙잡고 심호흡을 했다. 찬바람이 가슴속까지 할퀸다. 선웅은 호흡을 조절하며 망운산을 바라보다 고개를 돌렸다. 창선도 앞 바다에 배 한 척이 지나간다. 배가 일으키는 물살과 바람이 일으키는 파도가 부딪쳐 배를 휘감는다. 배의 부리가 파도 속으로 자맥질한다.

선웅은 다시 걸음을 재촉했다.

유림동 옛 저수지 자리 내리막만 지나면 시장통이다. 선웅은 입맛을 다시며 두 손에 입김을 불었다. 아직 해는 망운산 아래로 떨어지지 않았다. 건물이 마주 선 읍내는 길가의 바람이 약하다. 선웅은 허리를 폈다. '설천집' 앞 삼거리가 생각보다 혼잡하다.

설천집은 시장 입구 잡화점이다. 선웅이 읍내 학교 다닐 때 많이 이용한 가게다. 가게 입구에는 '풀빵'도 구워 판다. 가게 간판에는 '설천상회'라고 적혀있어도 사람들은 설천집 이라고 불렀다. 아마 주인이 설천면 사람이라 그렇게 부르는 것 같다.

시장은 설천집부터 시작된다. 설천집 옆에는 방앗간이, 그 다음은 목욕탕으로 또 포목점으로 연결되는 건물들과 약국 으로 시작되는 큰길의 상가들이 시장을 둘러싸고 있다. 시장 은 큰길보다 조금 낮은 지형이다.

선웅은 미소를 지으며 시장 입구로 들어섰다.

북적이는 시장은 아랫길로 통하는 출구가 보이지 않는다.

"자- 대포 터집니다. 귀 막으세요-"

기다란 대바구니를 둥근 쇠솥에 연결한 뻥튀기 장수가 달 구어진 쇠솥에 쇠고리를 고정시킨다. 둘러선 사람들의 시선 이 모여지고 지나가는 사람들은 걸음이 빨라진다. 다시 한번 뻥튀기 장수의 고함이 시장을 뒤흔든다. 걸음을 멈춘 구경꾼 들은 귀를 막고 옆으로 쳐다본다. 뻥튀기 장수의 구성진 예 령이 끝나기 무섭게 폭발음이 연기와 함께 주위를 제압한다.

-뻥-

달아올랐던 알곡식이 부풀어 터지며 기다란 대바구니에 와르르 쏟아진다. 선웅은 눈을 떼지 못하고 뻥튀기 작업장으로 다가갔다. 껍질을 사정없이 파괴하고 터져 나온 부푼 곡식들이 하얀 연기를 내뿜는다.

선웅은 코를 내밀며 숨을 들이마셨다. 빨려든 연기가 고소하다. 다시 한번 코를 벌려 크게 숨을 들이켰다. 고소한 연기의 뒷맛이 화약 냄새 같다. 선웅은 자신도 모르게 얼굴을 찌푸렸다. 잠시 땅을 내려 보던 선웅은 허기를 느꼈다. 주위를 둘러본 선웅이 뻥튀기 장수가 바라보이는 대폿집으로 들어갔다. 막걸리 한 되와 국수를 주문한 선웅은 뻥튀기 장수에게 눈을 떼지 않았다.

"자— 대포 터집니다. 귀 막으세요—"

뻥튀기 장수의 빠른 외침이 끝나면 몸을 피할 사이도 없이 폭음이 솟구친다.

—뻥—

고소하고 얇은 연기 속에서 사람들이 귀를 막고 웃는다. 선웅은 뻥튀기 장면을 뚫어지게 쳐다봤다.

하얀 연기 속에서 군복을 입은 친구들이 둘러선다.

'뻥' 하는 대포 소리를 듣고 매복호에 납작 엎드린다. 뻥튀기 장수의 외침에 친구들이 정글 속으로 뛰어간다. 고소한 대포 연기가 자욱하다.

선웅은 막걸리 잔을 들이켰다. 차가운 막걸리가 선웅의 눈을 충혈 시킨다. 비행기 소리가 선웅의 귀를 꽉 채운다. 화염과 폭발이 눈앞을 가로막는다. 안개보다 짙은 포연이 목을 누른다.

뻥튀기 장수가 오늘 마지막 차례의 고함을 지른다. 태양이 눈부시게 서쪽으로 넘어간다.

"자-대포 터집니다. 귀 막으세요-"

전우들이 총을 안고 절규하며 매복호를 튀어 오른다. 정글 속 보이지 않는 적을 죽이기 위해 죽을힘을 다해 진격한다.

-뻥-

비명을 지르며 마주보고 내달린 젊은이들이 쓰러진다. 살기 위해서 싸워야 한다. 너를 죽이지 않으면 내가 죽는다. 쓰러진 젊은이의 몸에서 피가 흐른다. 24년 된 피에서 김이 솟는다. 사방이 어두워진다.

선웅은 부르르 몸을 떨었다. 손을 내밀어 주전자를 흔들었다. 막걸리는 아직 남아있다. 물구나무를 선 주전자가 억지로 막걸리를 토해낸다. 고소한 포연이 사라진 시장터에 수류

탄 같은 전구에 불이 매달린다.

"장군, 집에 가야지."

대폿집 주인이 선웅을 부르며 일어서기를 바란다. 선웅은 막걸리를 남김없이 마시고 대폿집 주인에게 이천 원을 내밀었다.

(6)

그믐밤은 거침없이 어두워졌다.

사람들은 조상들이 길을 잃지 않고 찾아오라며 대문간에 불을 밝혔다. 선웅은 큰길로 나와 남해초등학교를 향해 걸었다. 학교로 가는 길에는 사람들이 책가방 대신 선물보따리를 들었다. 선웅은 남해초등학교 후문 앞에서 걸음을 멈추었다. 2층 건물이 아직 그대로 서있다. 선웅이 학교 다닐 때 건물 2층에는 6학년 교실이 있었다. 친구 성동이 생각에 선웅은 저절로 웃음이 나온다.

성동이는 1학년 때부터 6학년까지 같은 반이었다. 성동은 선웅이 보다 덩치가 컸다. 씨름도 잘했지만 공 던지기를 더 잘했다. 체육 시간에 공 던지기를 하면 성동이는 조례대에서

학교 정문까지 공을 날려 보냈다. 6학년 때에는 담임선생님 보다 더 멀리 던졌다.

선웅은 철봉이 차례로 세워진 모래판을 지나 오동나무 밑에 앉았다. 한줄기 바람이 선웅의 바짓가랑이에 몸을 숨긴다.

성동은 월남전에도 같이 갔다.

함께 전투에 투입되어 적군을 사살한 날, 성동은 하루 내내 울었다. 선웅은 말없이 성동이 옆에 앉아있었다. 전투는 내일도 계속된다. 나는 울지 않을 것이라고 다짐한 선웅은 이틀 뒤에 울었다. 코와 입으로 마구 울었다. 성동은 말없이 선웅이 옆에 앉아있었다. 귀국선에서는 두 사람이 손을 잡고 울었다.

찬바람이 떨어지지 않은 오동잎을 흔든다.

선웅은 엉덩이가 차가워 일어섰다. 오동나무 열매는 찬바람이 불면 익는다. 떨어진 오동나무 열매는 생각보다 고소하다. 가을이 되면 성동과 선웅은 겨울 방학을 기다리며 오동나무 밑에서 하늘을 쳐다보며 입을 벌렸다.

선웅은 오동나무를 쓰다듬었다. 성동이는 죽었다. 전쟁의 악몽에 시달리다 올 여름 자신을 사살했다.

선웅은 허리를 낮춰 오동나무 아래를 살폈다.

성동이와 함께 먹은 고소한 열매가 남아 있는지 선웅은 눈을 부라리며 오동나무 주위를 맴돌았다. 발로 땅을 긁으며 오동나무 열매를 찾았다. 오동나무 열매는 보이지 않는다. 선웅은 범위를 넓혀 학교 탱자나무 울타리까지 수색했다. 고소한 그 오동나무 열매는 찾을 수 없다.

학교 담 아래 읍내가 조용하고 운동장이 솟아오른 듯 넓다. 선웅은 운동장을 바라보며 다시 앉았다. 빈 운동장에 추억이 가득하다. 선웅은 오줌이 마려워 일어섰다. 화장실은 오동나무에서 오십 보 정도 떨어진 곳에 있다.

화장실에 불도 없다. 선웅은 둑길 같은 소변대에 섰다. 크레졸을 뿌렸지만 지린내가 매섭다. 선웅은 벽을 보고 힘껏 오줌을 갈겼다. 웃음이 나온다. 성동이보다 오줌 살을 높게 싸려고 발뒤꿈치를 들고 엉덩이를 앞으로 내밀었다. 오줌이 얼굴까지 튄다. 내가 이겼다며 성동이 소리친다. 바지춤도 정리하지 않은 채 성동이와 마주서서 웃었다.

초등학교 때 학교에서 집으로 돌아오는 길을 따라 선웅은 흐느적흐느적 걸었다.

성동이 집은 오동배기다. 오동배기는 망운산 아래 큰 저수지 윗마을이다. 오동배기 가는 길은 유림동 홰나무에서 망운산 쪽으로 올라간다. 두 사람은 언제나 유림동 고개 홰나무 갈림길에서 서성이다 헤어졌다.

집집마다 대문간에 불을 밝혔지만 거리는 조용하다. 망운산이 거대한 상여 같은 모습으로 길을 어둡게 한다. 선웅은 설천집을 지나 유림동 고개 홰나무 아래에서 오동배기로 가는 길을 보고 한숨을 쉬었다. 달이 없어 그런지 집으로 가는 길이 까마득하다. 선웅은 심천교까지 달렸다. 망운산 골바람이 얼굴을 할퀸다.

심천리 첫 집의 불빛이 눈앞에 닿았을 때 선웅은 심한 배뇨감을 느꼈다. 주위를 둘러보며 오줌 눌 곳을 찾았지만 마음에 드는 곳이 없다. 선웅은 오르막을 다 오르지 않고 마을 하천 둑길로 발길을 돌렸다. 하천 둑길은 키 큰 소나무가 있는 삼거리까지 연결된다.

선웅은 가로등을 쳐다보며 실례할 곳을 가늠했다. 마을 중간 느티나무 근처에 둑길이 휘어져있다. 휘어진 부분에 어둠이 모인다. 선웅은 걸음을 재촉했다. 가로등빛이 비켜간 둑길에서 선웅은 바지춤을 내렸다. 마을 쪽 시멘트 수로를 향해 오줌 사격을 개시했다.

참았던 배뇨의 상쾌함에 선웅은 눈을 감았다. 몸이 앞뒤로 흔들린다. 앞으로 숙여지는 상체를 뒤로 젖힌 선웅이 다리 사이에 거치된 화기를 두 손으로 붙잡았다.

"야, 이 새끼들 죽어라. 두-두-두-두-"

선웅의 중심부에서 쏟아지는 오줌살은 생각만큼 멀리 가지 못했다. 선웅이 사거리를 높이기 위해 두 다리에 힘을 주고 화기가 거치된 중심부를 앞으로 최대한 내밀었다. 그 순간 선웅의 발이 미끄러져 몸이 물구나무서듯 고꾸라졌다.

-쿵-

마을 쪽 시멘트 수로에 선웅의 머리가 잡아당기듯 내리꽂혔다. 선웅은 비명도 지르지 못했다. 몸을 움직일 수도 없다. 아무 소리도 들리지 않는다.

선웅은 눈을 떴다. 하늘에는 달도 없다. 따뜻한 액체가 얼굴에 기어간다. 무명옷이 비에 젖듯 선웅의 눈이 감긴다. 완전 군장을 한 성동이 부축하며 선웅을 일으킨다.

"같이 가자."

선웅은 성동의 팔에 매달렸다. 성동의 겨드랑이가 따뜻하다. 선웅은 주먹을 불끈 쥐었다. 그러나 성동이처럼 일어설 수가 없다. 엄마의 얼굴이 보름달처럼 떠오르고 선웅의 두 눈은 눈물에 잠겼다.

선웅은 밤길을 좋아하지 않았다.

선웅을 기다리며 선분과 언니 그리고 선분 어머니는 그믐 제사상을 준비했다. 선분 어머니는 고개를 들어 문밖을 응시했다. 말없이 콩나물을 정리하는 큰딸은 결혼을 못했다. 선웅이 제대하고부터 이상한 소문이 나돌아 결혼을 입 밖에 내지 못했다. 큰딸이 고치지 못할 이상한 병에 걸렸다는 것이다. 선웅 어머니는 사실이 아니라고 말했지만 마을사람들은 믿지 않았다.

선웅이 마을을 자주 배회할수록 선분 언니의 병은 마을사람들 입에서 더 깊어졌다. 선분도 언니에 대한 소문을 들으면 펄쩍 뛰며 부정했다. 그러다가 선분 어머니가 몸겨누웠다. 마을 사람들은 선분 어머니도 딸과 같은 병이라고 수군거렸다. 선분 어머니는 병원에도 가지 못하고 자리에서 일어났다. 그런 뒤로 선분 어머니는 말이 없어졌다. 집 밖으로 나오지도 않았다. 나란히 앉아 음식을 만드는 두 딸을 바라보며 선분 어머니는 바람 소리에 섞여 올 선웅의 발자국 소리를 기다렸다. 문 밖에는 키 큰 소나무에 매달린 가로등을 연결한 전깃줄이 쉬지 않고 우는 소리를 낸다.

7. 무심천

'청원 IC, 죽암 휴게소 다음'

수찬의 결혼식은 오후 한 시에 청주에서 열린다. 주수는 습관대로 운전석 창문을 손가락 한 마디 정도 내리고 차를 움직였다. 16절지에 그려진 약도를 운전 중에 볼 수 있도록 반으로 접어 조수석에 놓았다. 마산에서 청주까지는 초행길이다.

무심천을 지나 육거리 근처에서 주수는 예식장을 쉽게 찾았다. 수찬의 결혼식장은 2층이다. 주수는 신랑대기실로 향했다. 입구에서 수찬 어머니가 알아보고 인사를 건넨다.

"또 왔는가?"

수찬과 주수는 악수를 하며 한동안 마주보고 있었다. 한여름 포도밭 원두막에서 기타를 뜯으며 희망을 불태우던 때가 벌써 십 년이 넘었다. 피로해 보이는 수찬의 얼굴에서 두 눈이 유달리 커 보인다. 주수를 쳐다보며 수찬이 쫀득한 목소리를 낸다.

"나는 죄를 지어서 오래 못 살 끼다."

선뜻 대답을 못하는 주수를 수찬이 빤히 쳐다본다.

"거짓말 아니다. 나는 정말 오래 못 산다."

주수의 눈을 마주보며 수찬이 힘없이 덧니를 내보인다. 두 사람의 침묵은 오래가지 않았다.

"신랑 입장."

수찬의 선배인 단식원장의 목소리가 오래된 벽지를 떼어내듯 신랑 대기실을 파고들었다. 수찬이 힘없이 일어서서 주수의 손을 꼭 잡았다. 원두막에서 함께 부를 노래 제목을 찾았을 때처럼 수찬의 눈이 빛났다. 주수는 수찬의 등을 감싸며 앞으로 밀었다.

"신랑 입장."

다시 한번 사회자의 목청이 마이크에 크게 부딪친다.

'무심천'

청주로 올 때부터 주수의 뇌리를 떠나지 않는 단어였다. 주수는 강줄기가 보이는 무심천 다리 위에 섰다. 베어지지 않은 작년 가을의 마른 풀 사이로 소리 없이 물이 흐른다. 무심천의 전설을 생각하며 주수는 다리 난간에 기대어 강물을 바라봤다. 햇빛 눈부신 무심천에서 바다는 보이지 않는다.

수찬은 자신의 두 번째 결혼식이 있게 된 사연을 청첩장과 함께 적어 보냈다.

그토록 희망했던 대학원을 졸업했지만 자신을 기다리는 곳은 없었다고 글을 시작했다. 시간이 갈수록 몸도 마음도 허약해지고 남처럼 살아보려고 발버둥치는 아내도 싫어졌다. 사랑 없는 결혼은 행복할 수 없다고 첫 번째 결혼에 대한 선을 그었다. 선분에게 잘못을 빌고 용서를 구한다는 말, 꼭 전달해 달라고 끝을 맺었다.

(1)

선웅의 장례를 치른 후 세 모녀는 더욱 말이 없어졌다.

천심별당으로 출근하는 선분은 출근 인사도 눈으로 보냈다. 방문만 바라보던 선분의 어머니가 입을 열었다.

"나, 절에 가고 싶다."

심천리에서 화방사까지는 십리길이 가깝다. 나이 든 어머니 혼자서 오갈 수 있는 거리가 아니다. 선분이 쉽게 대답을 못하고 어머니의 얼굴을 바라본다.

"날, 절에 데려다 다오."

선분 어머니가 흐느끼듯 선분에게 부탁한다. 한동안 어머니를 바라보던 선분이 눈을 번쩍이며 그렇게 하겠다고 대답했다. 선분 어머니가 선분의 두 손을 잡고 흔들었다.

화방사에서 처음으로 불교 교리 공부가 시작되는 일요일이다.

서옥은 선분과 선분 어머니를 데리려 심천리로 승용차를 몰았다. 열려진 차창으로 풀냄새와 물소리가 아지랑이를 타고 솟아오른다. 선분의 사정을 모른 체 할 수 없어 서옥이 결심을 한 것이다. 불교 교리 강좌 기간은 12주다. 교리 공부를 마치면 선분이 운전면허를 따기로 약속했다.

교리를 강의하는 대웅전은 대중들로 가득 찼다.

육십이 될까 말까 한 주지가 소리 나게 입맛을 다시며 부처님의 말씀을 설명한다. 첫날이라 부처님의 말씀을 절반만 강의하는지 주지는 반말을 쓴다. 칠십이 넘은 선분 어머니와 옆자리 할머니들이 고개를 숙이고 있다. 높은 연단에 앉은 주지의 목소리는 작은 마이크를 넘어뜨릴 만큼 크게 울린다. 대웅전 중앙에서 설법을 듣는 부처님의 귀에는 구멍이 뚫려 있지 않다.

"산 속에 있는 중들이 번뇌가 뭔지 알기나 하나?"

일주문을 벗어나니 바다로 가는 화방사 계곡의 물소리가 명쾌하다. 서옥은 나뭇잎에 둘러싸인 하늘을 보며 숲 향기를 깊게 들이켰다. 눈길 가는 곳이 싫은 데가 없다. 차 뒷좌석의 선분 어머니가 서옥의 뒤통수에 대고 '번뇌'에 대해서 소리쳤다. 서옥이 후시경으로 뒷좌석을 살폈다. 선분도 어머니를 쳐다보며 의아해 한다. 선분 어머니가 자신 있게 말을 이어갔다.

"번뇌는 마음속에서 생겼다 사라지는 게 아니야, 생겼다 사라지는 것은 욕심이야."

말을 마친 선분 어머니는 차창 밖으로 시선을 돌렸다. 창밖에는 야트막한 산등성이의 포도밭이 바다로 이어졌다. 어머니를 따라 차창 밖을 내다 본 선분이 고개를 떨구었다. 서옥은 가속 페달을 밟았다. 이어리를 벗어나는 굽어진 고갯길에 몸이 포도밭 쪽으로 치우쳐진다.

(2)

주지 마음대로 교리 기간을 연기하던 불교 교리 강좌는 결국 십팔 주 만에 끝이 났다.

수료식이 이루어진 마지막 일요일에 서옥은 행사에 참석하지 못했다. 그 날은 버스여객회사 앞 큰집을 허물고 상가 건물을 신축하는 고사를 지내기로 한 날이었다.

준명의 둘째 형님 준성은 아버지가 돌아가시기 전부터 여객버스회사 앞 큰집을 허물고 복합 상가 건물을 짓고 싶어 했다. 오늘 지내는 고사의 건축 범위는 사백 평 되는 집터이다. 고사상은 마당과 화단의 경계 부분 남쪽에 차렸다. 대문간과 반대 방향이다.

고사의 제주는 둘째 며느리인 준성의 아내와 셋째 며느리인 서옥이다. 큰 며느리는 참석하지 않았다. 준성은 정원의 잔디를 밟으며 흥을 돋운다. 바지 앞 호주머니에 두 손을 찌른 채 고사의식을 지휘했다.

"박 사장도 한 잔 올려야지."

회색 점퍼를 입은 건축회사 박 사장이 안주머니를 더듬으며 지갑을 꺼내자 준성이 다시 큰 소리를 낸다.

"얼마나 내려고? 어중간하게 몇 만 원 얹을 거면 내지마."

준성의 농담 섞인 호통에 박 사장이 삼만 원을 만지작거리며 돼지 입에 물리고 절을 한다. 준성은 오른손을 호주머니에서 빼어 턱을 잡고 몸을 건들거리며 고사장 주위를 맴돌았다.

준성은 젊은 시절 읍내 주먹노릇을 했다고 한다. 돈의 위력인지 진짜 주먹의 위력인지 사람들의 입에 오르내렸다. 그러나 보통 체구에 야위어 보이는 준성의 무용담을 듣는 사람들에게 실감은 나지 않았다. 대문간에는 버스여객회사 직원들이 구경삼아 기웃거린다.

준성이 여객회사 앞 집터와 인근 상가를 포함한 복합 상가 건축에 관심을 가진 데는 버스여객회사의 수입이 해마다 줄어들었기 때문이다. 자가용이 늘어나면서 버스의 승객이 감소하기도 하지만 그 보다 더 심각한 이유는 남해의 인구가 한 해가 다르게 줄어드는 것이다. 이십 년도 못 되어 남해 섬 인구가 반으로 줄었다.

준성은 오늘도 건물 신축 공사장에 나왔다.

지상의 옛집은 모두 철거되고 이제 지하층을 위한 터파기 공사가 시작된다. 건물은 병원 건물을 사이에 둔 작은 골목 쪽이 출입구다. 굴삭기는 공사장 서쪽에서 작업을 시작했다. 굴삭기의 갈퀴가 집터의 흙을 사정없이 퍼 올린다. 준성은 굴삭기의 움직임에 따라 눈을 움직였다. 유자나무가 있던 정원 끝에서 사라지는 옛집을 보며 준성은 추억에 젖었다. 아련한 추억보다 새로 지을 빌딩을 상상하면 하루 내내 서있어도 준성은 지루하지 않다.

하지를 나흘 남겨 둔 유월 하순의 태양이 마지막 빛을 쏟으며 망운산 꼭대기에 붉은 구슬 모양으로 얹혔다. 준성은 왼손으로 햇빛을 막으며 작업 현장을 지켜본다.

–쿵 크르륵–

턱받침을 한 굴삭기의 갈퀴가 땅을 파고 헤집어 등짐을 기다리는 트럭에 흙을 옮겨 싣는다. 끝이 닳은 굴삭기 갈퀴 끝부분이 석양에 번쩍인다. 집터는 네모지게 어른 키 높이만큼 깊어졌다. 굴삭기가 목을 길게 뽑아 다시 땅을 파서 들어올린다.

이 때 들어 올린 굴삭기의 갈퀴에 하얀 물체가 걸렸다. 사람 모양의 인형이 매달린 것처럼 아랫부분이 흔들린다.

"어! 저게 뭐고?"

공사 현장을 지켜보던 박 사장이 손짓하며 굴삭기 쪽으로 달려간다. 운전기사가 굴삭기 갈퀴를 박 사장 앞에 내려놓았다. 박 사장이 갈퀴에 매달린 물체를 보고 놀라 소리쳤다.

"어–어– 이게 뭐–꼬?"

준성도 박 사장 옆으로 달려갔다. 박 사장이 또 한 번 소리친다.

"해골, 아이가!"

굴삭기의 갈퀴가 내려놓은 백골은 몸체만 붙어있고 머리통은 땅 속에 반쯤 파묻혀있다.

"어–어– 무슨 이런 일…"

박 사장이 어쩔 줄 몰라 손을 비비며 준성을 쳐다봤다. 준성이 이 광경을 보드니 '억'소리를 내고 힘없이 쓰러진다. 박 사장이 부축할 새도 없이 준성은 땅 바닥에 머리를 쳐 박았다. 박 사장이 준성의 이름을 부르며 몸을 흔들었다. 얼굴이 핼쑥해진 준성은 목이 막힌 듯 말을 못하고 '음–음' 소리만 낸다. 박 사장의 허둥대는 고함이 끝나기도 전에 날카로운 구급차 사이렌이 읍내를 진동했다.

한 달 뒤, 진주의 큰 병원으로 실려 간 준성은 일어나지도 못하고 눈을 감았다. 그의 나이 마흔 아홉 살이다. 그의 형님이 죽은 나이와 같고 병명도 똑 같았다. 읍내 사람들은 마흔 아홉 살이 인생의 가장 큰 고비점이라고 두려워하며 수군거렸다.

(3)

형님의 장례를 치른 이후 준명은 예전보다 바빠졌다.

여객회사 일은 물론 집안일도 자신의 의견을 필요로 했다. 준명은 바빠진 것이 차라리 마음이 편안하다고 느꼈다. 천심 별당에 손님이 많은 읍 장날에 준명은 혼자 산 속으로 드라이브를 나갔다. 오늘은 건너 노량 쪽을 택했다. 북적거리는 읍내를 벗어나 심천리 고개를 넘어 준명은 짚형 승용차의 가속페달을 밟았다. 덕신 고개에서 남해대교를 바라보며 잠시 망설였다. 대교 옆 쉼터에 차를 세울 것인지 말 것인지 갈등이 왔다.

'아는 사람을 만나면 불편하다.'

준명은 내리막길에서 바로 남해대교로 차를 몰았다. 어차피 마음을 정한 곳은 없다.

대교를 지나 우회전 한 하동 노량에서부터 준명은 차의 속도를 늦추었다. 오르막과 내리막을 거쳐 다시 오르막이 시작되는 길옆에 수풀이 울창하다. 준명은 좌회전하여 산길을 올랐다. 이정표에 절 이름이 쓰여 있다. 절에는 가고 싶지 않다.

'내 운명은 이미 결정되었다. 부처님께 빈다고 운명이 바뀌지 않는다.'

준명은 입을 굳게 다물었다. 길 끝까지 가고 싶지도 않다. 준명은 산 중턱에 차를 세웠다.

숨바꼭질하듯 그려진 해안선 사이로 바닷물이 꽉 차있다.

준명은 차에서 내려 길가에 앉았다. 햇빛을 반사하는 바다가 눈부시다.

'나도 마흔 아홉 살이 되면 형님들처럼 정말 죽을까?'

준명은 솔잎을 따서 잎에 물었다. 솔향기에 침이 고인다. 어릴 때 함께 놀던 친구들의 모습이 생각난다. 생각지도 못한 웃음이 솟는다. 발아래 바다의 움직임이 규칙적이다. 파도가 밀려와 육지에 부딪치며 하얀 거품을 만들고 물러난다. 백사장을 훑어 내려간 파도가 약속이나 한 듯 다시 육지로 덤벼든다. 파도가 헝클어지는 법은 없다.

'누구나 죽는다.'

머리 위를 스치며 퍼덕이는 새소리에 준명은 깜짝 놀라 몸을 뒤틀었다. 손아귀에 땀이 맺힌다.

'죽음을 피할 방법은 없나?'

준명은 '음' 하며 솔잎을 깨물었다. 보이지도 않는 까마귀 울음소리가 뒤통수를 찌른다.

'죽을 때까지 열심히 살아야지'

준명은 턱을 쓰다듬으며 일어섰다. 한 발을 앞으로 내딛다 '헉' 하며 불규칙한 호흡이 나타나고 두 눈에 물안개가 덮친다. 산을 차고 오르는 파도 소리가 준명의 가슴을 친다.

그날 밤 준명은 서옥의 몸에 자신의 땀이 배이도록 깊은

정사를 가졌다.

(4)

　추석이면 길게 이어지는 귀성길 자동차 행렬의 끝자락에 주수도 고향으로 달렸다.

　장사를 한 뒤로 주수는 귀성길을 앞당길 수 없었다. 외상 미수금을 한 푼이라도 더 받기위해 매입처 사장을 조르고 또 기다리다 추석 하루 전에야 고향으로 내려왔다.

　고향 집에서 여장을 풀기 바쁘게 주수는 천심별당으로 달렸다. 준명은 벌써 저녁 준비를 해놓고 기다렸다. 두 사람은 서옥이 차려 준 불고기 식사를 하고 남해초등학교로 올라갔다. 초등학교 운동장을 한 바퀴 둘러 본 두 사람은 학교아래 슈퍼마켓에서 깡통맥주 하나씩을 사들고 심천교로 향했다. 추석을 하루 남긴 둥근 달이 두 사람을 뒤따른다. 발자국 소리에 길가의 코스모스가 내민 목을 흔든다. 두 사람은 심천교 난간에 엉덩이를 걸쳤다. 서로 팔을 내밀어 깡통맥주의 뚜껑을 잡아당긴다. 깡통을 차고나온 거품이 잡은 손보다 더 높이 솟아오른다. 두 사람의 거품 핥는 소리가 심천교 밑을 지나는 물소리를 죽인다.

"천심상회에 한 번 가볼까?"

준명이 손에 묻은 맥주를 뿌리치고 주수의 팔을 이끌었다.

서옥의 옛 천심상회는 불이 없다. 문 앞의 평상이 달빛을 하얗게 반사한다. 두 사람은 평상에 나란히 앉았다. 준명이 주수를 바라보며 웃는다. 두 사람은 말없이 한동안 평상에 앉아있었다.

"고향의 달빛은 역시 아름다워!"

주수가 감탄조로 말하고 빈 맥주 깡통을 심천교를 향해 던 졌다. 멀리가지 못한 깡통이 길바닥에 부딪쳐 구르며 견딜 수 없는 충격의 소리를 길게 낸다. 두 사람은 마주보고 너털 웃음을 하늘로 보냈다. 내내 함께 오던 둥근달이 구름을 헤 치고 도망치듯 서쪽으로 달려간다. 갑자기 준명이 심천교를 향해 얼싸 안듯 두 팔을 벌렸다.

"옛날에 서옥이 이 길로 빨래하러 다녔어, 하얀 체육복을 입고."

준명이 주수를 쳐다보고 발걸음이 느려졌다.

"얼마나 보기 좋던지, 그 때 길 가의 코스모스들은 정말 불 쌍했어. 서옥의 모습에 눈이 부셔 고개를 들지 못했거든."

서로 보이지 않는 미소를 지으며 두 사람은 어깨를 부닥치며 걸었다.

  주수와 준명은 불 꺼진 천심별당으로 다시 돌아왔다.

  준명이 탁자가 놓인 중앙부분 한 켠에 불을 밝혔다. 주수
가 두리번거리며 의자에 앉기도 전에 준명이 여러 병의 술을
냉장고에서 꺼내왔다. 선 채로 술병을 따서 주수의 잔을 채
우고 자신의 잔도 채우며 준명이 섧게 소리 내어 울었다.

  "내 생명도 이제 육 년밖에 안 남았다."

  준명의 갑작스런 행동에 주수가 놀라 굳어진 사람처럼 앞
만 바라본다. 준명은 술을 다 따르고 더 크게 울었다. 주수는
할 말을 찾지 못했다. 준명은 자리에 앉지도 않고 서서 술을
마시며 울었다.

  "이제 육 년 남았다."

  두 사람은 마흔 세 살이다. 주수는 아직까지 죽음을 남의
일로만 생각했다. 준명의 울음소리에 서옥이 잠옷 차림으로
아래층에 내려왔다. 서옥의 인기척에도 두 사람은 행동의 변
화가 없었다. 준명은 탁자를 치며 눈물을 흘리고 주수는 멍
하니 준명만 바라봤다. 서옥은 어둠 속에서 말없이 두 사람
을 지켜보다 2층으로 올라갔다.

  주수는 준명이 없는 고향을 생각해 본 적이 없다. 냉장고

밖에 쌓아둔 청주 상자를 뒤적이며 두 사람은 술을 마셨다. 준명은 소리치며 울고 주수는 눈만 껌벅거렸다. 여명이 아이들의 추석빔을 비출 때 두 사람은 잘 가라는 인사도 없이 헤어졌다. 주수는 다음에 준명을 만나면 건강에 대하여 무어라 한마디 해야겠다고 다짐을 했다.

(5)

십자가가 방향을 가리키지 않아도 하나님의 사랑은 동서남북이 없다.

한 해의 마무리를 크리스마스트리가 장식한다. 성탄절을 맞이하는 교회의 종소리가 울려 퍼지기 시작할 때 주수는 준명의 전화를 받았다.

"야, 임마. 주수 너, 이제 나 못 봐."

발악적인 준명의 목소리가 찢어지게 되풀이되다 전화가 끊어졌다. 주수는 서옥의 다음 전화를 받고 준명이 입원한 부산의 큰 병원으로 달렸다.

준명이 다소 야위어 보이고 눈빛이 불안해하는 것 말고는 병의 위급함을 주수는 알 수 없었다. 준명은 주수를 보고 웃었지만 얼굴은 굳어있었다. 주수는 준명에게 몸 상태를 물어보지도 못하고 서옥에게 이끌리다시피 병실 밖으로 나왔다.

"추석 이후부터 몸무게가 갑자기 내려가서 병원을 찾았더니 간경화라고 하더라."

서옥이 대답 없는 주수를 물끄러미 보다가 다음 말을 이었다.

"몇 개월 못 산다 하네."

서옥이 슬픔을 감추는 어색한 얼굴로 주수에게 가녀린 소리를 냈다. 주수는 준명을 죽게 한 서옥이 보기 싫었다.

가포 뒷산에 진달래꽃이 피었다. 가시에 찔린 엄지손가락에 솟은 핏방울 같다.

봄비 뒤에 핏방울 같은 진달래꽃이 온 산으로 물들어 갈 때 주수는 두견새 울음 같은 서옥의 전화를 받았다.

"주수야, 준명이가 니한테 할 말이 있단다."

살아있는 것이 미안한 얼굴로 주수가 준명에게 다가갔다. 산소마스크를 쓴 준명이 손을 침대 끝으로 폈다. 주수의 손을 붙잡으며 산소마스크를 벗겨달라고 준명이 턱을 저었다. 서옥이 준명의 산소마스크를 벗겼다. 준명이 심호흡을 하고 서옥을 뚫어져라 쳐다본다. 평온한 표정을 만든 준명이 주수에게 미소를 보였다. 서옥은 주수 옆에 나란히 섰다.

"주-수-야-"

준명이 탁하게 변해버린 음성을 가다듬었다. 주수가 머리를 숙여 준명의 입에 얼굴을 가까이 했다.

"주수야-"

준명이 다시 한번 주수를 불렀다. 준명의 눈에 눈물이 고이는 것을 주수는 알아챘다. 준명이 크게 숨을 들이쉬고 입을 열었다.

"주수야- 우리, 옛날처럼 서옥이 사랑해야 돼."

서옥이 귀를 세우고 두 손을 마주잡고 서있다. 말을 마친 준명이 바람 소리 같은 호흡을 하며 눈을 감았다. 서옥이 준명에게 산소마스크를 다시 끼우기 위해 준명의 얼굴을 두 손으로 감싼다. 준명이 도리질을 하고 방금 전 보다 큰 소리를 낸다.

"주수야 우리, 옛날처럼 서옥이 사랑해야 돼."

주수는 준명의 손을 처음처럼 올려놓고 중환자실을 나왔다. 서옥에게 간다는 말도 없이 서옥을 바라보지도 않았다.

주수는 병원 입구 길가의 긴 의자에 앉았다. 맞은 편 교회의 좁은 뜰에 하얀 장갑을 낀 준명의 주먹만 한 목련꽃이 하늘을 향하고 있다.

178

주수는 서옥의 전화를 다시 받는 데 열흘도 걸리지 않았다.

"주수야, 준명이 멀리 갔다."

주수는 아무런 대답 없이 전화기를 들고 있었다. 창 밖에는 봄 햇살이 눈이 부시도록 쏟아진다.

8. 피할 수 없는 선택

(1)

이제 나를 지키는 남자는 없다. 서옥은 묵주 끝의 십자가를 꼭 쥐었다.

터지는 것을 참을 수 없는 장미꽃 봉오리가 입술을 깨무는 날, 서옥은 혼자 진주 촉석루를 찾았다. 평일 오전이라 관광객은 많지 않다. 서옥은 촉석루의 그늘진 성벽 돌부리를 짚고 남강을 내려다봤다. 햇살에 부딪치는 물결이 자신을 향해 조잘대는 것 같다. 서옥은 자신도 모르게 신음을 흘렸다. 강 건너 대나무 숲이 바람에 움직인다. 날카로워지는 물결에 서옥은 눈을 감았다. 지나간 일들이 어제처럼 느껴진다. 촉석루 아래 돌덩이가 너무 크게 엉겨있다.

서옥은 발길을 논개 사당으로 돌렸다. 초상화의 논개 눈빛이 맑다. 논개 사당을 찾은 나이 든 여인 둘이 머리를 맞대고 소곤거린다. 할 말이 많아 보이는 논개의 입술은 목소리를 만들지 못한다. 서옥은 자신에게 무어라 말 하는 것 같은 논개 초상화를 뚫어지게 쳐다봤다.

'논개는 피임을 어떻게 했을까?'

성문 밖으로 나온 서옥은 중앙 로터리 방향으로 걸었다. 신호등 건널목을 지나 좌우를 살폈다. 수저통의 젓가락처럼 붙어 있는 건물들의 간판을 쳐다보며 서옥은 기억을 더듬었다.

'남인철 산부인과'

20년 전 서옥이 왔던 곳이다. 주수와 가진 사랑의 씨앗을 제거하기 위해 찾았던 병원이다. 서옥은 병원 간판을 확인하고 걸음을 늦추었다. 20년 전에는 앞만 보고 도망치듯 걸었다. 건물에 붙은 세로 간판의 나무판이 옛날 그대로다. 주수의 거친 숨소리가 귓가에 되살아난다.

몸속의 피임장치를 제거한 서옥이 의사와 마주 앉았다. 진료 기록부를 살피던 의사가 입을 연다.

"늦둥이를 보시게?"

서옥은 대답하지 않았다.

(2)

   서옥은 주수의 강청화공 사무실에 전화를 했다. 진주에 다녀 온 다음날이다. 사무실 위치와 찾아가도 좋은 시간을 물었다. 주수는 무겁지도 가볍지도 않은 목소리로 대답했다.

   주수를 만나려가기 전에 서옥은 선분에게 사실을 털어났다.

   "혹시 늦더라도 너무 걱정하지 마."

   얼굴에 웃음을 잠재우지 못한 서옥이 선분의 손을 잡고 흔들었다. 서옥은 아침 일찍 화장대를 붙잡았다. 거울에 비친 자신의 얼굴을 보며 주수의 웃는 모습을 떠올렸다.

   "주수는 짙은 립스틱을 싫어해."

   서옥은 붉은 색 립스틱을 들었다가 내려났다. 석류빛 입술을 만든 서옥이 거울 속을 요리조리 살폈다. 거울 속에서 주수가 바라보고 웃는다. 서옥이 입술을 쫑긋 내밀었다. 주수가 마주보고 웃는다. 향수 스프레이를 들고 꼭지를 누르려다 멈추었다.

   "주수는 후각이 발달해서 냄새에 예민해."

   서옥은 자신의 모습을 여러 번, 여러 각도에서 거울에 비춰보며 눈웃음을 지었다.

"주수가 좋아할까?"

　꼬불꼬불한 국도를 지나 진교에서 고속도로에 진입한 서옥은 콧노래가 나왔다.
　"다시는 생각을 말자- 생-각을 말자-고-"
　요 근래 배운 노래다. 노랫말이 어쩌면 자신의 처지를 그렇게 꼭 찌르는지 서옥은 눈물이 다 나왔다. "쿵-"하고 울리는 전주의 시작도 마음을 흔들고 가수의 애절한 목소리도 서옥을 잡아당겼다.
　"잊어야- 잊어야만- 될 사-랑-이기에-"
　노래를 처음 듣고 따라 부를 때 서옥은 창밖의 심천교를 바라보며 눈물을 흘렸다.
　"깨끗이- 묻어버린 내- 청춘이건-만- 그래도-못-잊어나 홀로- 불러보네-"
　노랫말 마디마디가 서옥의 가슴을 쥐어뜯었다.
　특히 이 대목에서 서옥은 많이 울었다. 이 노래에 중독 된 사람처럼 서옥은 매일 반복해서 듣고 큰 소리로 불렀다.
　"사랑은 아-직-도- 끝-나-지- 않- 았- 네-"
　서옥은 목이 잠겼다. 오른 편에 남강 휴게소가 보인다. 서옥은 망설임 없이 고속도로를 달렸다.

길이 끝나는 해안도로 가에서 서옥은 주수에게 전화했다.

유람선이 돋섬을 향해 가고 있다. 주수는 함박웃음을 보이며 달려왔다. 주수의 강청화공 사무실은 바닷가 해안도로와는 2블록 떨어진 매립지 안 쪽에 위치했다. 서옥은 햇볕의 뜨거움을 막으려 손으로 얼굴을 가리며 주수 곁에 섰다. 주수가 반가움에 서옥의 팔 윗부분을 움켜쥔다. 서옥이 눈이 부신 듯 주수를 보고 고개를 돌리며 안부를 물었다.

"잘 있어?"

대답 대신 방금까지 뜀박질한 주수의 고르지 못한 숨소리가 서옥의 귀에 달려든다. 자신의 사무실 방향을 가리키며 주수가 서옥을 이끈다. 서옥이 어깨를 주수에게 붙였다. 서옥의 발이 주수의 발에 부딪친다. 주수는 서로의 걸음이 꼬이지 않도록 한 발짝 빠르게 서옥 앞으로 걸었다. 5분 정도의 걸음에 강청화공 간판이 보인다.

사무실 출입문 위에는 환풍기가 세차게 돌아가고 쇼 윈도우 상품 전시대에는 빛바랜 하얀색 냉·온수기와 정수기가 놓여있다. 상품 전시대는 사방무늬의 보라색 치마를 두른 것처럼 장식되어 있다. 열 평 겨우 되는 사무실을 보고 서옥이 싱긋이 웃었다.

주수는 사무실 옆 삼계탕 집으로 서옥을 안내했다. 2층 입구 계단을 오르자 주인 내외가 주수에게 반갑게 인사한다. 청바지를 입은 여 주인이 서옥을 보고 소리를 낮추며 표정 관리를 한다. 아직 점심때가 일러 손님은 없고 삼계탕 냄새만 식당 안에 깔렸다. 주수는 창가의 작은 방을 선택했다. 방에는 두 개의 식탁이 붙어있다.

주수가 출입문 쪽에 앉고 서옥은 입구에서 보이지 않는 창쪽으로 앉았다. 주수의 내쉬는 숨소리가 크다. 서옥이 주수의 눈길을 찾는다. 주수의 눈빛은 반가움이 두려움을 모두 숨기지 못했다.

"장사 잘 돼?"

서옥의 물음에 주수는 확실하지 않지만 부정적인 대답은 하지 않았다. 서옥이 주수의 눈을 빤히 쳐다본다. 한동안 의미 없는 웃음을 짓던 주수가 묻지도 않은 말을 했다.

"나도 고향으로 돌아 갈 거다."

주수의 말에 서옥은 대답하지 않았다. 서옥이 양 입술을 굳게 다물었다가 펴며 주수를 보고 미소를 짓는다. 정오의 햇빛이 창문을 뚫고 방 안을 비좁도록 밝게 비춘다. 말없이 마주보고 있는 두 사람 사이에 알몸의 닭을 우린 삼계탕이 들어왔다. 젓가락을 챙겨 든 서옥이 음식을 먹기 전에 주수를 쳐다본다.

"오늘, 자고 가면 안 돼?"

서옥의 물음에 주수가 큰 기침을 하고 손동작을 멈췄다. 삼계탕의 수증기가 골안개처럼 식탁 주위에 퍼진다. 주수는 한 번 더 마른기침을 했다.

"안 돼."

서옥은 젓가락을 가지런히 세우고 고개를 숙였다. 주수의 짧은 기침 소리가 연거푸 튀어나왔다. 방 안에는 음식 씹는 소리와 젓가락이 그릇에 부딪치는 소리만 약속이나 한 듯 오간다.

서옥은 고집부리지 않고 주수를 따라 일어섰다.

자신을 가까이 하고 싶은 마음과 그렇게 할 수 없는 주수의 마음이 느껴졌다. 서옥은 자신의 승용차가 있는 해안도로 끝까지 주수를 뒤따라 걸었다. 주수는 말하지 않았다. 걸음을 멈추어 서옥이 곁에 올 때까지 기다리다 가곤했다. 서옥이 주수에게 몸을 기대었다. 주수는 서옥의 몸을 붙잡지 않았다. 서옥은 천천히 걸었다. 해안도로에는 운동하는 사람들이 오간다.

주수는 머리카락이 나풀거리는 서옥의 모습을 바라보며

걸었다. 서옥은 뒤뚱거리며 느리게 걸었다. 주수는 서옥의 걸음을 재촉하지 않았다. 해안도로 건널목 마지막 신호등이 붉은 색이다. 주수와 서옥은 하얀 선이 그어진 신호등 아래 나란히 섰다. 서옥이 주수의 손을 찾았다. 서옥의 손을 주수가 힘껏 잡았다.

해안도로 끝에는 바다를 구경하는 사람들이 차창을 열고 자동차 안에 앉아있다. 서옥은 차에 오르지 않고 가포 뒷산만 바라봤다. 산언덕 과수원의 복사꽃은 떨어진지 한 달이 넘는다. 눈도 마주치지 않고 서옥의 옆모습만 바라보던 주수가 입을 열었다.

"잘 가."

돝섬을 오가는 파도가 해안도로를 소리 나게 때린다. 격한 파도는 도로 위로 튀어 오른다. 튀어 오른 파도가 아스팔트를 핥으며 거품을 뿜는다. 거품 사라지는 광경을 보고 있던 주수가 손을 흔든다. 서옥이 주수를 향해 양 입술을 굳게 다물었다. 뒷모습을 보인 주수의 발걸음이 빨라진다. 서옥이 차에 시동을 걸며 소리쳤다.

"주수야, 사랑해."

삼 년만이다.

주수는 서옥에 대한 상념에 젖었다. 준명이 죽고 일 년도 안 돼 서옥이 매립지 강청화공으로 찾아왔다. 서옥은 사랑을 요구했고 주수는 거절했다. 10평짜리 강청화공 사무실을 보고 서옥은 웃었다. 그 날 이후 두 사람은 고향에서 만나면 사랑할 것을 약속했다. 주수는 즐거운 마음으로 고향을 향해 달렸다. 서옥이 돈을 빌려 줄 것이라고 의심하지 않았다.

준명의 죽음 이후 영업하지 않았던 천심별당을 정리하고 서옥은 심천리의 천심상회를 새로 지었다. 2층으로 크게 지은 천심상회는 새 길과 옛길에서 드나들 수 있도록 두 개의 출입구를 만들었다. 옛길 입구에는 오래 된 평상을 그대로 두었다. 선분이 쉬어갈 수 있는 방도 만들었다. 심천교가 바라보이는 이층 남쪽 방에 서옥은 석류빛 양산을 벽에 걸었다.

"계십니까?"

천심상회로 들어간 주수가 안을 향하여 떨리는 목소리를 냈다. 이층으로 오르는 계단 아래에서 물소리가 들리고 대답이 없다. 이층 계단 자리는 옛날 텔레비전을 보던 방이다. 주수는 자신도 모르게 솟아나는 미소를 억누르며 기다렸다. "누구십니까?" 하는 반문도 없이 여인이 수건으로 손을 닦으며 나타난다. 주수를 향하여 다가오는 여인은 서옥이다.

"주수야!"

미소를 억누르는 두 사람은 한동안 마주보고 서 있었다.

주수가 상품 진열대에서 낮은 도수의 깡통맥주를 찾았고 서옥은 땅콩과자 한 봉지를 집었다. 두 사람은 2층으로 오르는 계단 옆 탁자에 놓인 의자에 마주보고 앉았다. 주수는 몸을 틀어 깡통맥주 뚜껑을 조심스럽게 잡아당겼다. 맥주 거품이 생각보다 빠르고 많이 솟아오른다. 주수가 급하게 맥주 거품을 삼키며 서옥을 바라본다. 서옥의 표정은 처음보다 더 밝다. 깡통맥주를 한 모금 더 홀짝이며 마신 주수가 서옥을 빤히 쳐다보다 고개를 돌렸다. 서옥이 땅콩과자를 집으며 주수의 손을 스친다. 주수가 짧게 서옥을 불렀다.

"서옥아."

주수의 부름에 서옥이 주수의 흰 머리카락에 눈길을 멈췄다. 서옥을 바라보는 주수의 호흡이 불규칙하다. 땅콩과자가 서옥의 입 속에서 부서진다.

"돈 좀 빌려 줘?"

주수가 소리치고 히죽 웃는다. 서옥이 입을 다물고 과자 부서지는 소리를 죽인다. 서옥이 느리게 과자를 두어 번 더 깨문다. 서옥은 돈이 얼마나 필요한지 묻지 않았다. 주수는 숨을 멈추며 서옥의 입술이 변화하는 모양을 기다렸다.

"조건이 있어."

서옥이 또렷하게 대답했다. 주수가 다시 깡통맥주를 홀짝이며 서옥에게 묻는다.

"조건?"

주수의 눈길을 피하며 서옥이 얼굴을 돌린다. 그리고 기다렸다는 듯 대답했다.

"그래, 조건이 있어."

서옥이 얼굴을 붉히며 주수를 보고 웃었다. 서옥의 웃음에 주수가 그 뜻을 몰라 눈을 번득였다. 서옥이 천천히 그러나 분명하게 말했다.

"한 달에 한 번 만남을 약속해야 돼."

서옥의 대답에 주수의 표정이 굳어졌다.

"1박 2일을 말하는 거야?"

서옥이 고개를 끄덕거렸다. 주수의 표정을 본 서옥이 다시 말했다.

"1박 2일이 아니어도 좋아."

주수는 한숨을 쉬고 고개를 떨어뜨렸다. 창백한 아내의 얼굴이 떠오르고 첫째 아이의 울음소리가 메아리친다.

(4)

주수는 귀석의 유모집으로 달렸다.

유모집은 106동 501호다. 유모는 처사촌 올케이다. 106동은 109동에서 남쪽으로 한 동 건너에 있다. 오늘, 아들의 집 장만 소식에 기별도 없이 고향의 부모님이 오셨다. 스승의 날 행사에 참석하고 남해로 돌아가는 길이라 했다. 주수의 아버지는 아파트에 들어서기 무섭게 손자를 찾았다.

"귀석이나 한 번 보고 가자."

주수는 귀석을 맡긴 처사촌 올케의 집으로 달렸다. 106동 너머 바다에는 커다란 배가 잡힐 듯 지나간다. 106동 첫 통로 현관을 지나자 주수의 귀에 날카로운 소리가 들렸다. 주수는 귀를 세웠다. 울음소리다. 울음소리는 아파트 동 건물 사이를 타고 끝이 실로 연결된 종이 전화의 수화기처럼 주수를 끌어당겼다. 주수는 걸음을 멈췄다가 다시 뛰었지만 울음소리는 멈추지 않았다. 106동 3·4호 계단 통로를 지나 1·2

호 계단 통로에 들어서자 아이의 울음소리는 더욱 선명하다. 날카로운 아이의 울음소리가 계단 통로를 흔들었다. 혹시 귀석이 아닐까 하는 생각에 주수는 단숨에 5층까지 뛰어올랐다. 끝 층 501호의 문은 열려있고 아파트 통로가 찢어지게 울음소리를 낸 아이는 주수의 아들이었다.

"귀석아!"

주수는 아들을 향해 두 팔을 벌리고 고향의 키 큰 소나무 아래 비석이 넘어지듯 무릎을 꿇었다. 501호에는 아무도 없다. 귀석은 이제 십육 개월이다. 주수는 다른 무엇을 생각하고 싶지 않았다. 아이를 데려간다는 쪽지를 급하게 썼다. 울음을 그치지 못하는 아들의 뺨에 주수는 자신의 뺨을 붙였다.

"미안하다."

주수의 뺨을 적신 아들의 눈물이 두 사람의 목덜미를 타고 흐른다. 눈물에 막혀 코 먹은 소리를 내면서 귀석은 아빠에게 약속을 강요했다.

"집에 간다고 약속해라."

주수는 아들에게 몇 번이나 집에 간다고 대답했지만 아들은 새끼손가락을 내밀었다. 서러움이 사라지는 마지막 의식인 듯 귀석은 제어되지 않는 한숨 섞인 마른 울음을 그치지 못한다.

"아빠도 같이 있겠다고 약속해라."

주수는 몇 번이나 '약속한다.'고 약속했지만 귀석은 몇 번이나 더 약속해야 된다고 새끼손가락을 내밀었다.

아이를 업고 5층에서 화단이 있는 1층까지 내려오는 동안 주수 눈 앞에는 유모인 처사촌 올케의 웃는 모습이 사라지지 않았다. 처사촌 올케는 장모님의 부탁으로 선택한 유모다. 무궁화 아파트에 이사 오면서 아기 보는 일은 걱정하지 말라며 아내도 장담했다.

벌써 네 번째다.

귀석은 두 돌도 지나지 않았다. 주수는 낮 동안 귀석을 돌봐줄 사람—귀석에게 '이모'라고 소개하는 아줌마—을 찾기가 쉽지 않았다. 귀석은 낯선 아줌마가 집에 오면 도망치며 숨었다.

이모 집으로 가는 아침이면 귀석은 엄마의 뒷모습이 보이지 않을 때까지 엄마를 부르며 울었다. 주수와 아내는 출근할 때 귀석의 절규가 들리지 않을 때까지 앞만 보고 뛰었다. 퇴근하면 주수와 아내는 귀석 앞에 무릎을 꿇었다. 귀석은 엄마 아빠를 때리고 흔들며 운다.

"엄마, 아빠는 바보다. 바보."

낮 시간 동안 귀석에게 무슨 일이 있었는지 두 사람은 모른다. 아이의 울부짖음을 들으며 두 사람은 머리를 숙이고 눈을 감는다. 귀석의 울부짖음이 그치기를 바랄 뿐이다.

"귀석아, 미안하다. 엄마가 잘못했다."

주수의 아내가 귀석의 양팔매질을 당하며 용서를 구한다.

"엄마, 아빠는 바보다. 바보."

울부짖으며 반복되는 '바보'는 귀석이 알고 있는 가장 큰 욕설이다. 식탁 아래로 들어가 둥지를 튼 귀석에게 이번에는 주수가 나선다.

"아빠가 업어 줄게."

귀석이 말이 없다. 감정의 응어리가 눈물에 녹았는지 귀석은 아빠의 손을 거절하지 않는다.

퇴근 후 주수가 귀석을 업고 집에서 아파트 입구 수퍼마켓까지 가는 데 한 시간이 걸렸다. 아니 귀석이가 부모 품에 돌아와 정상적인 아이의 행동으로 바뀌는 시간이다.

(5)

주수네에게 둘째가 태어났다.

아침의 이별이 고통스러워 주수는 둘째를 아예 부산의 처형에게 맡겼다. 귀석은 아내의 산후조리를 걱정한 남해의 할머니가 데려갔다. 자식 둘을 남의 손에 맡긴 주수는 술에 취한 날이면 아파트 베란다에서 밤하늘을 바라보며 눈물을 흘렸다.

주수 부부는 한 달에 한 번은 부산의 둘째에게 가고 나머지 주말에는 남해 할머니 댁에 귀석을 보러갔다. 하루 동안의 이별도 견디지 못하던 귀석은 일주일의 이별에 밤마다 엄마를 찾아 울었다. 귀석을 잠재우기 위해 밤새도록 귀석을 업고 달래던 할머니는 새벽에 아들에게 전화를 했다.

"주수야, 내가 눈물이 나서 귀석이 못 보겠다."

귀석은 집을 떠난 지 한 달을 겨우 넘기고 엄마 품으로 돌아왔다.

주수의 둘째 아들의 이름은 귀제다.

귀제는 부산의 엄마를 잘 따랐다. 그래서 주말이면 주수는 동서 부부에게 고마움을 자주 표했다. 물론 양육비는 매월 지급했다.

이듬해 유월 초에 귀제의 첫돌 잔치를 마산에서 벌였다. 잔치를 마치고 부산으로 돌아간 다음 날 처형이 주수 아내에게 전화를 했다.

"방학 때까지 귀제 보러 오지 마라. 너를 보고 나면 귀제가 밤새워 운다. 어찌나 서럽게 우는지 나도 눈물이 나서 못 보겠다."

언니의 전화를 받은 주수 아내는 목이 잠겼다. '알았다'는 대답 대신 물기 어린 비음이 새어나왔다.

"으-헝."

주수는 끊지 못한 담배를 챙겨 베란다로 나갔다. 콧등까지 올라 온 일회용 라이터의 흔들리는 불길에 담배 끝을 맞춘다. 한 모금 담배 연기를 깊숙이 삼킨 주수는 뒷산을 향해 소리 나게 담배 연기를 내뱉었다. 무학산을 오르는 초승달이 눈물에 걸려 흐릿하다.

"둘 중에 한 사람은 직장을 그만 두어야 한다."

사무실에 출근해도 주수의 머릿속은 이 생각뿐이었다. 아내와 자신 중 한 사람은 분명히 직장을 그만두어야 한다. 그러나 누가 그만두어야 하는지는 결정하지 못했다. 공무원 근무경력도 비슷하고 월급도 별 차이 없다. 정확히 말하면 아내의 월급이 조금 많다. 그렇다고 몇 십만 원을 더 받는 것은 아니다. 주수는 아내에게 입버릇처럼 말했다.

"아빠, 엄마는 직장 다녀서 돈만 벌었지 나에게 한 게 뭐가 있어요?"

20년 후 아니 10년 후에 아이들이 자신들에게 항변하는 말에 무어라 답할 수 있겠느냐고 주수는 아내에게 목소리를 높였다.

두 사람이 힘써 벌어도 한 사람 몫은 육아비로 들어간다. 그러나 주수와 그의 아내가 걱정하는 것은 지금 그만두면 이런 직장을 다시 구할 수 있는 기회가 오지 않는다는 것이다. 주수의 아내는 힘들어도 이 고비를 넘겨야 한다며 직장을 그만 둘 뜻이 없다. 주수는 직장을 그만두고 아이들에게 와야 한다는 생각이 분명했으나 아직 그 시기를 결정하지 못했다.

"엄마, 학교 가지 마."

"아빠, 나 하고 놀자."

아침마다 귀석의 절규를 들으며 주수 부부는 출근했다. 아빠는 사무실로, 엄마는 학교로 뒤돌아보지 않으며 힘껏 뛰었다. 엄마의 뒷모습이 사라질 때까지 귀석의 절규는 계속된다.

"엄마, 학교 가지 마. 나하고 놀자."

아침마다 주수 부부는 먼저 출근하는 사람이 눈물을 적게 흘렸다.

귀석은 장난감 자동차를 끌고 아침부터 아빠 주위를 맴돈다.

한 시간이라도 더 귀석과 지내기 위해 주수는 아내의 여름 방학이 시작되기 전에 여름휴가를 받았다. 주수도 귀석 옆에 담을 쌓듯 팔베개를 하고 누웠다. 귀석의 자동차가 아빠의 담을 벗어나 작은 방까지 운행된다. 귀석이 아빠를 힐끗 돌아다본다. 주수도 귀석을 보고 눈을 크게 뜨며 미소를 보낸다. 벽시계의 뻐꾸기가 집 밖으로 머리를 내밀고 열 번을 소리친다. 창 밖에는 까치들의 반가운 노랫소리가 들려온다. 주수도 행복감에 젖었다.

그때, 옆집 508호에 손님이 오는지 주인아주머니의 목소리가 크게 들린다. 작은 방으로 운행 갔던 귀석의 자동차가 급하게 큰방으로 돌아왔다. 귀석이 주수의 배에 등을 붙이고 앉는다.

508호에서 들리는 환영 인사가 시끄럽고 길다. 주수는 출입문 유리 구멍에 오른쪽 눈을 붙였다. 508호의 출입문은 활짝 열려있다. 주수는 출입문 유리 구멍에 자신의 뺨을 바짝 붙였다. 508호에는 집 안의 두 여인과 방금 도착한 두 여인이 열린 출입문을 옆에 두고 환영의 고성과 반가움의 괴성을 마주보고 질러댄다. 옥상으로 막힌 5층 계단의 끝 공간이 메아리에 징소리를 만든다. 주수는 출입문 유리 구멍에 눈을 바꿔 초점을 조절했다.

"아빠."

귀석이 주수를 불렀다. 주수는 초점이 돌아오지 않은 눈을 찡그리며 뒤돌아섰다. 귀석이 몸을 부르르 떨면서 주수에게 매달렸다.

"으응, 왜 그래?"

귀석의 잿빛 얼굴에 주수가 놀랐다. 주수는 귀석을 안고 등을 토닥거렸다.

"괜찮다. 아빠가 있잖아."

영문을 모른 채 주수는 귀석을 힘껏 껴안았다. 귀석은 한동안 주수의 품을 벗어나지 않았다. 귀석의 자동차 운행이 재개되었다. 주수는 귀석의 행동에 의구심을 떨칠 수 없었다.

옆집의 함성과 탄성이 수그러질 즈음 또다시 계단을 오르는 하이힐 소리가 계단 통로를 따라 천장에 부딪치며 5층 공간을 찔렀다. 마지막 손님인 듯 무거운 하이힐 소리를 한숨과 함께 내뱉으며 날카롭고 분명한 발자국 소리로 다가왔다. 3층을 지나 4층의 중간 계단을 긴 한숨소리를 보내며 오를 때 귀석이 출입문을 바라보고 몸을 바들바들 떨면서 팔짝팔짝 뛰었다. 동생보다 더 좋아하는 장난감 자동차도 던져버리고 두 손을 오므렸다 폈다하면서 어쩔 줄 몰라 했다.

이 순간을 위하여 휴가를 받았던 것처럼 주수는 힘차게 귀석을 껴안았다.

자신의 모든 기운이 귀석에게 전달되도록 정성껏 껴안았다. 아빠의 품속에서도 귀석의 떨림은 멈추지 않았다. 공포감이라는 단어가 주수의 몸을 붙들어 매고 머리를 까맣게 채웠다. 눈앞에는 처사촌 올케의 웃는 얼굴이 떠오르고 501호의 열린 출입문턱에서 계단 통로의 빈 공간을 향하여 힘껏 입을 벌린 귀석의 모습이 떠올랐다. 더 이상 벌어지지 않는 목구멍에서 자맥질하는 귀석의 울음소리가 그치지 않고 메아리친다.

옆집의 시끄러움은 음식점 배달원이 열린 출입문의 초인종을 누르고 주인과 손님이 음식을 앞에 두고 두 손바닥으로 돌담 무너지는 소리를 치고 나서야 조용해졌다. 주수는 귀석을 안고 큰방으로 돌아왔다. 벽시계의 뻐꾸기가 열한 번을 다 울지도 않고 문을 닫고 들어간다.

두 사람은 피할 수 없는 선택을 서로에게 요구했다.

200

그 날 이후 출근하고 퇴근하며 주수와 그의 아내는 마주치는 눈길을 피했다.

'누군가 한 사람은 아이들 곁에 있어야 된다.'

그러나 두 사람은 사직의 선택을 쉽게 결정하지 못했다. 둘째 귀제도 이모 집에 간 지 3년째이다. 이번 여름방학이 되면 집으로 돌아온다.

길을 찾지 못한 아내의 눈동자를 보며 주수가 선택의 무거움을 내려놓았다.

"내가 그만둘게."

엄마에게 기대어 손가락을 빨며 텔레비전을 보고 있던 귀석의 눈이 번쩍였다.

"아빠가?"

스물아홉에 시작한 주수의 공직생활은 마흔을 넘기지 못하고 끝이 났다.

(7)

서옥이 얼굴을 붉히며 다시 제안했다.

"그러면 두 달에 한 번은?"

주수는 대답 없이 문밖을 내다본다. 벽시계의 초침 움직이는 소리보다 서옥의 침 삼키는 소리가 더 크다. 서옥이 주수에게 무어라 다시 물어보려고 망설일 때 주수가 일어섰다.

"미안하다."

서옥이 주수를 불렀지만 주수는 뒤돌아보지 않았다.

햇빛이 눈부시다. 서옥은 움직일 수 없었다. 옛길 평상에 앉아 주수의 사라지는 뒷모습을 지켜보았다. 서옥은 성호를 긋고 눈을 감았다. 주수는 돌아올 것이다.

주수는 읍내 공인중개사를 찾았다.

"팔 수는 있어도 다시 살 수는 없어."

공인중개사 정씨의 말이다. 고향을 떠난 사람들도 고향집은 팔지 않는다는 뜻이다. 주수의 마음처럼 언젠가 돌아올 희망을 버리지 않는다는 것이다.

9. 기도하는 여인

(1)

-팔 수는 있어도 다시 살 수는 없어.-

주수는 읍내 공인중개사 정씨의 말을 뒤엎을 수 없었다. 고향집 열쇠 꾸러미를 집을 산 사람에게 넘겨주고 옛길가로 나왔다. 세 계절의 색깔이 녹아 물든 단풍이 찬바람에 무수히 떨어진 오후다. 찬바람에 맞선 전깃줄이 우는 소리를 낸다.

"주수야."

옛 길가 평상에서 주수를 기다리던 서옥의 목소리다. 서옥은 주수가 떠난 후 날마다 주수의 옛집을 확인하고 기다렸다. 주수는 아무런 감정도 없이 웃었다. 서옥은 두 팔을 벌리며 기뻐했다. 주수가 평상에 앉았다. 서옥이 허벅지를 붙이며 다가온다. 주수는 몸을 떨었다. 서옥이 젖가슴을 주수의 어깻죽지에 밀어붙인다. 서옥의 체온이 주수에게 전달된다.

주수가 창선도 앞바다를 바라보고 소리 없이 웃는다. 서옥은 주수의 사정을 모른 체 했다. 바다에는 파도가 뒤집히며 허연 거품이 흩날린다.

서옥이 주는 깡통맥주를 주수는 말없이 마셨다. 서옥이 집어주는 땅콩과자는 먹지 않았다. 바람이 세차다. 날려 온 모래가 얼굴을 찌른다. 서옥이 속삭였다.

"고향에서 만나면 사랑한다는 약속."

3년 전 서옥이 강청화공 사무실을 찾아왔을 때 주수가 한 약속이다.

주수는 몸을 떨며 깡통맥주를 하나 더 마셨다. 서옥은 미소를 지었다. 말하지 않아도 두 사람의 마음은 한 길로 가고 있었다. 주수가 일어선다. 서옥이 주수의 팔짱을 꼈다. 주수는 키 큰 소나무가 있는 무덤가로 향했다. 두 사람을 내려다보는 키 큰 소나무가 휘어질 듯 흔들린다. 주수가 서옥에게 물었다.

"날 사랑해?"

서옥도 묻고 싶은 말이었다. 서옥은 대답하지 않았다. 주수도 대답을 기다리지 않았다. 주수와 팔짱을 낀 서옥의 가슴이 제어할 수 없이 떨린다.

천심상회의 불은 꺼졌다.

서옥은 주수를 이끌고 석류빛 양산이 걸린 방으로 올랐다. 오른쪽 창밖에는 큰길 가로등이 보인다. 주수는 창틀에 두 손을 짚고 고개를 내밀었다. 찬바람이 얼굴을 할퀸다. 심천교를 마주 비추는 가로등 아래에는 아무도 없다. 서옥이 화장실에서 얼굴을 씻고 몸을 다듬는다. 화장실의 물소리가 소나기로 불어난 심천교 밑을 지나는 급한 물소리 같다. 주수는 옷을 벗지 않았다. 심천교를 비추는 가로등빛이 찬바람에 흔들린다.

서옥은 달빛에 씻긴 듯한 얼굴로 맥주 한 병과 술잔 두 개를 내왔다. 땅콩과자는 없다. 서옥이 술잔을 채웠다. 주수는 기도하듯 앉아있다. 서옥은 목을 젖혀 단번에 술잔을 비웠다. 주수도 술잔을 들었다. 술잔을 비운 서옥의 얼굴이 붉다. 유월의 장미꽃빛이다.

주수의 술잔은 비워지지 않았다. 서옥이 주수의 팔을 끌어당긴다. 주수의 눈빛이 형광등에 굴절된다. 두 사람은 서로의 눈동자를 꿰뚫듯 마주 보았다. 읍으로 들어가는 막차 소리가 빈 공간을 훑는다. 막차의 전조등빛이 천심상회를 후려친다.

방 안의 불빛이 제거됐다. 불을 끄지 않아도 주수의 마음은 이미 어두웠다. 서옥이 주수의 등을 껴안았다. 기다렸던 시간만큼이나 뜨겁게 몸을 붙였다. 서옥의 향기가 주수의 코를 자극한다. 주수는 달빛어린 코스모스 사이 길을 거닐었다. 서옥은 사랑의 샘과 본능의 샘을 오가며 갈망의 물을 들이킨다. 스무 살 서옥의 향기를 찾기 위해 주수는 서옥의 가슴에 얼굴을 묻었다. 쑥 향기 감돌던 서옥의 젖가슴이 무화과 열매 같다. 주수는 눈을 감았다. 강하게 도리질하는 키 큰 두 그루 소나무 아래 준명이 서 있다. 두 그루 소나무가 서로 싸우듯 흔들린다. 아니 부딪치고 뒤엉킨다. 뒤엉킨 소나무가 신음을 토한다. 서옥의 벌어진 입이 추억을 빨아들이듯 숨 가쁘다. 주수도 소리치며 고향의 보리밭을 달렸다. 두 사람의 호흡이 거칠게 부딪치며 탁한 바람이 인다. 거친 바람에 보름달이 구름에 가려진다.

주수는 후회했다.

다시는 서옥을 만나지 않을 것이라고 다짐했다. 서옥의 벌거벗은 몸의 굴곡이 달빛에 비친 심천리 들판 같다. 들판의 굴곡 너머로 달집을 빼앗기 위해 달려드는 친구들의 함성이 들려온다. 준명의 웃음소리도 들린다. 주수는 돌아누웠다. 서옥의 울음소리가 방바닥에 깔린다. 보이지도 않는 찬바람이 창틀을 흔든다. 벌거벗은 두 사람 사이로 적막함이 첫눈 내리듯 쌓인다. 주수는 서옥의 움켜진 손을 떼어내고 일어섰다. 뒤돌아보지 않고 옛집으로 걸어갔다. 눈이 내린다. 옛 길가 평상에 눈이 쌓였다. 초등학교 미술시간에 준비한 도화지 같다.

'나는 이제 고향이 없다.'

주수는 대문간을 마주보고 섰다. 지금까지 가졌던 고향집에 대한 추억과 희망을 모두 쏟아냈다.

'돌아올 수 없으면 고향이 아니다.'

주수는 천천히 돌아섰다. 눈이 눈시울을 적신다. 언제 왔는지 서옥이 곁에 있다.

주수는 승용차의 시동을 걸었다. 잠시 잠겼다가 풀어지는 듯한 배기음이 노랫소리처럼 서옥의 귀를 울린다.

─영원을 약속하며─나를 위해 기도하던 너─

(2)

주수는 일반 주택 이층에 전세를 들었다.

전셋집은 무궁화 아파트 후문 근처다. 고향의 집과 무궁화 아파트를 처분한 돈은 빚을 갚는데 모자라지 않았다. 방 2칸짜리 전셋집은 해안도로와 더욱 가깝다. 전셋집 이층 베란다에서 가포 뒷산의 진달래가 보인다.

주수는 아내가 출근한 뒤 매립지 해안도로를 거닌다. 주수의 일과다. 가포로 돌아가는 산언덕 과수원에 복숭아꽃이 피었다. 주수는 해안도로 끝에서 돝섬을 바라보고 섰다. 바닷가에는 낚싯대를 드리운 사람들이 있다. 주수는 낚시꾼들의 망태를 훔쳐보았다. 아직 빈 망태다. 주수는 심호흡을 하고 천천히 뒤돌아섰다. 방파제를 때리는 파도소리가 숨 막힌다. 이제 겨우 열한시다. 산언덕 과수원의 복사꽃이 아름답다. 주수는 과수원을 보고 웃음이 나왔다.

'수찬은 살아있는가?'

수찬은 두 번째 결혼식 폐백을 올리다가 쓰러졌다.

물에 젖은 헌 옷가지가 방바닥에 달라붙듯 늘어졌다. 신부는 소리치지 않고 신랑을 일으키려 애썼다. 신랑 신부는 예복도 벗지 못하고 구급차에 실렸다. 수찬의 병세는 신장 기능 불능이었다. 신장 이식이 필요했다. 수찬의 아내는 자신의 신장을 제공하겠다고 나섰다. 그러나 수찬 아내의 신장은 수찬의 몸에 맞지 않았다. 아내는 자신의 신장을 제공하고 남편의 신장 이식 기증자를 찾았다. 수찬 아내의 정성은 적중했다.

신장 이식을 기다리는 수찬에게 수찬 아내가 졸랐다.

"나 빨리 임신시켜요."

수찬은 자신의 아내를 '천사'라고 소개했다.

수찬의 아내는 청원 입구 삼거리 주유소 사장의 딸이다. 수찬은 단식원 선배의 도움으로 인근 고등학교 생물 강사로 나갔다. 1년간의 짧은 기간이었다. 삼거리 주유소는 단식원 선배의 친척이 운영했다. 수찬과 수찬의 선배는 차량이 많이 드나드는 연휴나 명절에 주유소 일을 도왔다.

환갑이 훨씬 지난 주유소 사장은 외동딸이 있다. 나이보다 먼저 퇴색한 흰 머리카락을 쓰다듬으며 주유소 사장은 주유기를 손에 든 외동딸을 바라본다. 차에 탄 손님에게 "안녕히 가십시오."라며 인사하는 딸의 모습이 눈앞에 흐릿하다. 주유소 사장은 혀를 차며 고개를 돌렸다.

"저걸 결혼시켜야 내가 편히 눈을 감을 텐데…."

주유소 사장의 슬픈 희망은 추석 명절 때 주유기에 딸려 다니는 나약한 수찬에게 쏟아졌다.

그 다음 이야기는 말하지 않아도 주수의 눈앞에 주유소 광경이 떠오르고 수찬의 모습이 보인다.

첫눈 내리는 날 밤에 오가는 차들이 뜸해지고 주유소의 불빛만 눈 속의 궁전처럼 빛날 때 수찬이 기타를 뜯으며 갓 삶아 낸 국수를 차가운 물에 식힌 면발 같은 목소리로 노래한다. 주유소 사무실의 난로는 숨 가쁘게 열을 뿜는다. 수찬의 기타 반주와 노랫소리는 노처녀가 간직한 그리움의 심장에 사랑의 주유기를 꽂은 것이다.

수찬의 아내는 수찬에게 자신이 다니는 교회에 나가자고 말했다.

수찬은 첫마디에 거절했다. 그렇지 않아도 나약한 몸에 큰 수술을 한 수찬의 몰골은 얼굴만 정상에 가깝고 피부는 뼈와 분리된 듯 보인다.

"내가 얼마나 살끼 라꼬 교회에 나간단 말이고?"

수찬의 아내가 웃었다.

"사람들이 오래살기 위해 교회에 가느냐? 마음의 평화를 얻기 위해 가는 것이지."

수찬은 할 말이 없었다.

아내의 손을 잡고 수찬은 교회에 나갔다. 그러나 수찬은 교회에 적응하지 못했다. 수찬의 아내는 수찬의 기도를 들어 줄 목사를 찾아다녔다. 한 번, 두 번, 수찬은 한 교회에 세 번을 나가지 못했다. 수찬의 아내는 포기하지 않았다. 병든 야

생마를 길들이듯 청주 시내 교회를 다 돌고 마지막 교회까지 왔다. 육거리 시장 못가 무심천이 바라보이는 이층 교회다. 수찬은 비로소 기도했다.

수찬의 가슴 두근거리는 신앙생활의 첫걸음은 투쟁이었다.
교회가 할머니 신도들과 젊은 신도들로 패가 나뉘어 싸우고 있었다. 할머니들이 목사를 성토했다. 젊은 신도들은 할머니들이 틀렸다고 대들었다. 수찬은 목사를 두둔한 젊은 신도들 편에 섰다.
"할머니들이 뭘 안다고 그래."
수찬의 생각은 틀렸다. 투쟁에 승리한 젊은 신도들은 곧바로 할머니 신도들이 옳았음을 깨달았다. 투쟁은 다시 시작되었다. 목사와 젊은 신도들의 싸움이었다. 수찬도 투쟁에 참여했다. 목사의 비리에 수찬은 새삼 놀랐다. 수찬의 상식을 벗어난 부정이었다.
수세에 몰린 목사는 서울에서 용역업체 해결사를 동원했다.
젊은 신도들이 예배당에서 투쟁한 사흘째 밤이다. 건장한 청년들이 문을 박차고 들이닥쳤다. 젊은 신도들은 목사가 고용한 해결사들의 상대가 되지 못했다. 예배당 안에서 두 팀이 대치했지만 젊은 신도들은 충돌을 피하려 노력했다. 해결사들은 달랐다. 완력을 뽐내는 나이 어린 해결사가 젊은 신도들에게 다가갔다. 젊은 신도들 중에서 해결사를 상대하려 나서는 사람은 없다. 일촉즉발의 위기에서 해결사 두목이 소리쳤다.

"얌마ー니, 내가 그리하지 마라 캤제?"

두목의 목소리에 예배당은 폭풍전야처럼 고요해졌다. 서로의 눈빛과 숨소리만 들리는 초조한 순간에 해결사 두목에게 다가간 사람은 수찬이었다. 뜻밖의 광경에 모두들 시선이 수찬에게 쏠렸다. 빈 포대에 머리를 얹어놓은 것 같은 몰골의 수찬이 일어섰다. 누가 봐도 불안해 보이는 걸음걸이로 해결사 두목 앞으로 나아간다. 그것도 손가락질을 하면서 다가갔다.

"당신ー, 혹ー시ー"

해결사 두목과 젊은 신도들의 초점은 수찬의 입으로 집중되었다. 해결사 두목이 수찬을 내려다본다.

"당신ー, 혹ー시ー"

수찬이 특유의 떡 떼어 먹는 소리를 냈다. 해결사 두목이 웃지도 못하고 멍하니 수찬의 말을 듣는다.

"당신ー, 혹ー시ー 남해사람ー 아이가?"

수찬의 물음에 해결사 두목이 고개를 떨구었다. 해결사 두

목은 남해 사람이었다. 수찬은 해결사 두목이 말끝마다 '-켓제. -하지 말란 말이다.' 하는 말투에서 고향 사람임을 직감했다.

서로의 인적 고리를 캐어보니 해결사 두목은 수찬의 남해 중학교 후배였다. 더구나 해결사 용역업체 사장은 수찬의 동창생이었다. 젊은 신도들과 목사의 싸움은 수찬의 능력으로 피를 흘리지 않고 해결되었다. 수찬이 능력 있는 사람으로 인정받은 것은 당연시되었다.

수찬은 교회 성가대를 맡았다. 포도밭에서 첫사랑의 아픔을 퉁긴 기타로 하느님의 기적을 노래했다. 오늘도 수찬은 아내와 하느님께 감사 기도를 드린다.

"내가 살아있는 게 기적입니다."

수찬과 주수가 한여름 밤을 보낸 고향의 포도밭은 관광객을 위한 콘도형 아파트로 변하였다.

(3)

주수는 서옥에게 선물을 남겼다.

서옥의 임신이다. 서옥이 애타게 원하던 선물이다. 서옥은 배를 쓰다듬으며 미소를 지었다. 고개를 세워 먼 산을 바라보며 콧노래를 불렀다. 주수가 남긴 사랑의 흔적은 서옥의 뱃속에서 부풀고 있다.

"이름은 뭐라고 지을까?"

서옥은 사방을 둘러보며 미소를 보낸다.

"귀−서."

주수 아들들의 이름 돌림자인 '귀' 자와 자신의 이름자 중 '서' 자를 조합하여 소리 내어 불렀다.

"딸이면?"

서옥은 입술을 씰룩거렸다. 망운산 골짜기를 타고 내려오는 봄바람이 아직은 햇볕보다 차갑다. 서옥은 콧노래를 흥얼거렸다.

"귀서는 주수처럼 머리가 좋을 것이다."

서옥은 좌우를 둘러보고 남쪽의 먼 산을 바라보았다. 먼 산 아래 준명 가족의 무덤이 있다. 서옥이 발길을 멈추었다. 그리고 유림동 고개의 의료원을 쳐다보고 숨을 길게 내뱉었다.

"뱃속의 아이는 준명이처럼 일찍 죽지 않을 것이다."

서옥은 홰나무 아래를 지나 발걸음을 힘차게 성당으로 옮겼다.

유월 땡볕에 장미꽃이 붉게 타오를 때 서옥은 출산 계획을 선분에게 알렸다. 태어난 아기가 기저귀를 벗고 걸어 다닐 수 있는 시기에 남해로 돌아올 계획이라고 말했다. 진주에는 딸들의 교육을 위하여 이미 집을 장만 해 놨다. 서옥이 남몰래 진주로 떠나는 날 선분이 서옥의 손을 잡고 속삭였다.

"한 달에 한 번은 보러 갈게."

미소로 대답하는 서옥의 승용차가 배기음을 내며 엉덩이를 흔든다.

선분은 천심상회의 문을 서옥이 있을 때보다 일찍 닫았다. 밤 열시가 못되어 문단속을 하고 집으로 향했다. 종종걸음 하는 선분의 뇌리에는 언니의 모습이 꽉 찬다. 선분의 언니는 쇠약해져 말을 하지 못하는 어머니 옆에서 하루 내내 선분이 오기만 기다린다. 선분의 언니는 선분보다 더 메말랐다. 선분은 키 큰 소나무 아래에서 걸음을 멈추었다. 등줄기에 맺힌 땀방울이 엉덩이로 흘러내린다. 소나무 가지를 흔드는 바람도 한 점 없다. 초승달에 걸린 키 큰 소나무가 죽은 듯 꼼짝 않고 나란히 서있다.

서옥은 한 더위가 물러간 구월 초에 출산했다.

선분은 마른 미역을 챙겨 진주로 가는 버스에 올랐다. 평일 오전이라 그런지 승객들이 없다. 의자에 가려 보이지 않는다. 선분이 얼굴을 들어 세어 봐도 다섯 사람이 넘지 않는다. 선분은 바다가 보이는 오른쪽 창가에 앉았다. 어디로 떠난다는 행동이 이상하게 편한 기분을 가져온다. 내리막을 빠져 급회전을 한 버스 차창에 포도밭 등성이 나타나 선분의 눈을 붙잡는다. 수찬의 포도밭이다. 선분은 짧은 기침을 하고 신음을 토했다.

'이혼은 해도 아이는 가졌어야 하는 건데….'

선분은 고개를 떨구었다. 아이를 안은 서옥의 상기된 얼굴이 연꽃보다 밝게 나타난다. 선분은 서옥이 부러웠다. 차창 밖으로 가로수가 쓰러지듯 빠르게 지나간다. 선분은 눈을 감았다. 세상에 나와 울지 못한 자신의 아이들이 웅크린 채 꿈틀거린다. 눈물을 흘리지 않으려고 선분은 고개를 흔들었다.

서옥은 예정보다 일찍 남해로 돌아왔다. 선분 어머니의 죽음 때문이다.

돌을 갓 지낸 아들 귀서가 큰 눈을 깜박이며 서옥의 손을 잡고 섰다. 외손자를 바라보는 서옥 어머니의 표정이 개화한

지 하루 지난 벚꽃 같다.

"귀서야, 할머니께 절 해야지."

서옥이 귀서를 어머니께 맡기고 곧바로 장례식장으로 달렸다. 장례식장은 읍 입구 의료원이다.

장례식장에 들어선 서옥이 벼락 맞은 사람처럼 걸음을 멈추고 성호를 그었다. 선분 언니의 모습 때문이었다. 허리와 엉덩이를 구분할 수 없는 선분 언니가 입은 상복 치마가 곧 흘러내릴 것 같았다. 마치 세워진 치마에 선분 언니가 끼어진 듯 보였다.

"서옥아!"

선분이 새로운 세상에서 만나는 사람처럼 서옥을 불렀다. 선분은 모든 것을 의지하듯 서옥에게 맥없이 몸을 기댔다. 바람 맞은 여자의 죽음에, 가정도 이루지 못한 두 딸이 지키는 빈소는 눈바람에 낙엽마저 죄다 잃어버린 나무처럼 황량했다.

선분은 어머니의 유언대로 49재를 화방사에서 지냈다. 49재의 마지막 의식을 치른 저녁, 서옥은 선분의 집으로 뛰었다. 초저녁인데도 선분의 집은 대문이 잠겨있다. 서옥은 선분에게 선택할 수 없는 대화법으로 말했다.

"선분아, 언니와 함께 성당에 나가자. 어머니가 생각나면 언제라도 절에 가도 된다.”

선분 언니가 눈을 동그랗게 뜨며 서옥을 쳐다본다. 서옥은 선분의 대답을 기다리지도 않고 말을 이었다.

“내일부터 우리 집에서 함께 살자.”

이번에는 선분이 눈을 크게 뜨며 서옥을 쳐다본다.

“살림살이 옮길 필요 없이 자유롭게 오갈 수 있도록 니 방을 따로 만들어 줄게.”

서옥의 거침없는 말에 선분은 아무 반응 없이 듣기만 했다. 말이 끊어진 세 사람의 방 안에 키 큰 소나무를 스치는 바람소리가 가득 찬다.

천심상회는 식구가 늘어난 만큼 웃음소리도 늘었다.

웃음소리 속에서 서옥은 바빴다. 천심상회와 성당, 딸들이 학교에 다니는 진주를 오가며 새로운 삶을 만들어 갔다. 그러나 버스여객회사는 운영난을 이기지 못하고 무너졌다. 국가 보조금으로 버티던 경영난은 직원들의 월급이 연체되어 결국 문을 닫고 말았다. 준명의 말처럼 동업만 하지 않았으면 망하지 않았을지도 몰랐다.

남해의 여객버스회사를 만든 준명의 일본 큰 아버지가 한국의 지방의원 선거에 출마했다가 실패하면서 여객회사 지분의 반을 동업자의 형님에게 넘겼다. 그것도 정확하게 반을 팔아버렸다. 동업자의 형님도 일본에서 운수업을 하는 남해 사람이다. 준명은 생전에 그 부분을 늘 아쉬워했다.

"1% 만이라도 더 남겼으면 새로운 사업이라도 추진해 볼 건데…."

지방의원 선거에서 떨어진 준명의 큰 아버지는 일본으로 되돌아가 한국을 다시 찾지 않았다. 버스여객회사의 지분과 준명 집안의 재산은 준명 어머니의 죽음이후 형제들에게 나누어졌다. 준명에게는 관광버스회사 지분이 넘어왔다.

귀서는 아빠와 엄마가 다닌 남해초등학교에 입학했다. 귀서는 선분을 작은 어머니라 불렀다. 서옥은 귀서와 함께 심천교를 지나며 귀서의 커다란 눈을 쳐다봤다. 귀서의 눈 속에 망운산이 두 개나 비친다. 귀서는 서옥의 생각보다 총명했다.

10. 고향의 달빛

주수는 또다시 해안도로 끝에 나 앉았다.

강청화공 때 세 들었던 복덕방 건물도 새 건물로 바뀌고 그 옆 빈터도 건물이 들어섰다. 밤이 되면 댓거리 매립지는 불야성을 이룬다. 주수는 화공약품상을 다시 하고 싶었다. 퇴근한 아내에게 조심스레 사업 계획을 설명했다. 화공약품 판매에 필요한 차량 구입과 창고 설치 등의 준비는 어려우니 먼저 조그만 잡화상을 운영하여 확대하고 싶다고 했다. 아내는 반대하지 않았지만 말꼬리가 흐려졌다.

"노는 것보다는 낫지만…."

(1)

칠 년만의 출근이다.

소나무 사이에 잔설이 녹지 않은 봄이다. 주수는 '만물상사'라는 간판을 걸었다. 점포 위치는 시 외곽 아파트 단지와 일반 주택 지역의 경계인 이차선 도로가이다. 점포는 공유 면적을 포함하여 일층 건물 열다섯 평이다. 영업 방식은 전기재료나 철물제품을 납품하는 방식이다. 직원은 없다. 진열장에는 납품할 견본품과 생활소모품을 나열했다.

주수는 아침에 출근하여 사무실 셔터를 올린다. 기분은 하늘을 나는 새들의 노랫소리보다 가벼웠다. 주수는 차근차근 명함을 돌렸다. 한 달이 지나 두 달째에 겨우 자동차 기름 값을 벌었다. 그래도 옛날 강청화공을 생각하며 주수는 희망을 버리지 않았다.

주수는 토요일 오후에도 근무했다. 춘분이 지나도 상가 앞의 아파트 건물이 하루 내내 그림자를 만들어 사무실을 누르고 돈다. 주수는 햇볕을 쬐려 길가로 나왔다. 거리를 오가는 사람들이 만물상사를 피해가듯 지나간다. 옷에 묻은 한기가 데워질 때쯤 외딴 집에서 튀어나온 아기 울음소리 같은 전화 벨 소리에 주수는 사무실로 들어갔다. 이기정이다.

이기정은 주수와 같이 정수장 실험실 근무를 했다.
매립지 진달래 2차 아파트에 산다. 이기정은 아직도 공무원 생활을 하고 있다. 대구가 고향이며 주수보다 세 살 아래다.

정수장 실험실 직원들은 출근하면 수질 상태를 확인하기 위해 침전지를 한 바퀴 돈다. 침전지는 40미터 길이에 깊이가 5미터이다. 이러한 크기의 침전지가 4개다. 약품 투입실을 거친 낙동강 원수가 침전지에서 탁질이 응집·침전된다. 약품 혼화지에서 나온 반응수는 침전지 입구에서 쌀알 같은 응집물이 되어 구름처럼 만들어진다. 구름 같은 응집물은 침전지 중앙으로 가면서 가라앉는다. 응집물이 가라앉는 광경은 마치 구름이 떠오르는 것 같다. 응집물이 가라앉은 침전지의 끝부분에는 얼음 같은 맑은 물이 여과지로 넘어간다.

침전지 사이 통로에는 칸막이가 없다. 직원들은 칸막이가 없는 침전지 통로를 다니면서 처리과정을 관찰한다. 5미터 깊이에 물이 찬 침전지를 내려다보면 두렵다. 벽 가까이에서 내려다보면 오금이 저리다. 이기정은 수영을 할 줄 모른다. 침전지 통로 중앙에는 잔디를 심어 놨다. 이기정은 잔디밭으로만 걸었다. 다른 직원들이 이기정에게 침전지 안 보고 뭐 보느냐고 놀린다. 그럴 때면 이기정이 엉덩이를 빼고 한 다리는 잔디밭에 두고 한 다리만 침전지 벽에 올려서 침전지를 넘겨다봤다. 침전지를 보고나면 이기정이 멋쩍은 웃음을 보이며 몸을 흔든다.

"어휴— 무서워."

이기정은 어머니가 없다. 아니 없어졌다.

일곱 살 때 아버지가 돌아가시고 어머니가 개가 했다. 그래서 그런지 이기정은 엄마 같은 여자를 좋아했다. 이기정은 어버이날이 되면 주수에게 연락했다. 음식점의 작은 방에 마주 앉기 바쁘게 이기정은 손수건으로 눈시울을 훔친다. 작년 어버이날에도 이기정은 주수 앞에서 울었다. 술도 마시지 않고 눈물만 닦았다. 이기정을 위로하던 주수도 작년 가을에 돌아가신 어머니 생각에 올해는 함께 울었다.

여름이 다 가기도 전에 주수는 만물상사 앞에서 고개를 숙였다.

개업한 지 육 개월 동안 영업 이익이 오십만 원 조금 넘었다. 그것도 전부 동냥걸이다. 세상이 많이 변해 있었다. 십년 전처럼 팸플릿 들고 거래처 찾아다니며 담당자 만나 설명하는 그런 시대가 아니었다. 대형 판매처의 등장과 모든 게 디지털화 되어 견적서 들고 거래처에 다닐 일이 필요 없다.

주수는 벽에 걸린 거울을 쳐다봤다. 흰 머리카락이 검은 머리카락 보다 많다. 미소는 변하지 않아도 이제 늙었다. 주수는 열중쉬어 자세로 두 어 발 물러서서 겨울에 쓸 불 꺼진 전기난로에 엉덩이를 갖다 붙였다. 정오의 햇빛도 아파트 꼭대기에 걸려 만물상사 안으로 들어오지 않는다.

구월 첫날, 주수는 출근하여 한 시간도 안 되어 만물상사의 셔터를 내렸다.

(2)

주수는 또다시 매립지 해안도로를 거닌다.

부두와 도로를 구분하는 철조망 사이에 철 잃은 코스모스가 머리를 내밀고 있다. 주수는 해안도로 경계석에 주저앉았다. 움직이지 않는 돌섬을 바라보다 눈을 감았다. 시월의 햇살이 눈동자 속에서 붉은 빛으로 회전한다.

'이젠 무엇을 할 것인가?'

주수는 고개를 떨구었다.

'아내는 열심히 직장에 나간다.'

주수는 엉덩이를 털고 일어섰다.

'나는 무엇을 해야 하는가? 무엇을 할 수 있는가?'

주수는 해안도로 경계석에 다시 앉았다.

'어머니가 보고 싶다.'

주수는 주위를 둘러보고 손으로 눈물을 훔쳤다. 흐린 시야 속에 돌섬이 파도에 흔들린다. 눈물이 흐르니 오히려 마음이 시원하다. 주수는 파도소리보다 크게 울고 싶었다.

'고향에 가도 이제 잠잘 곳도 없다.'

형제간의 다툼으로 부모님의 유산은 전부 남의 손에 넘어 갔다.

갑자기 서옥이 생각이 난다.

주수는 도로가에 쌓인 흙먼지를 신발부리로 긁었다. 문득 솟아난 서옥이 생각에 주수의 눈앞에 아내의 창백한 얼굴이 가득 찬다.

'결혼 20주년에는 유럽여행 가자고 약속했지.'

쓴웃음을 지으며 주수는 일어섰다. 하늘과 바다는 눈부 시다.

아내의 꿈을 앞당기기 위해 주수는 자신의 사업 계획 같은 꿈을 접었다.

점심을 일찍 먹고 설거지를 한 다음 주수는 아파트 모델하 우스 위치를 다시 확인했다. 되돌려 받은 만물상사 전세 보 증금을 보태어 새 집 마련을 생각하고 있었다. 주수는 아내몰래 아파트 분양 소식을 수집했다.

주수는 커다랗고 두터운 분양 광고지를 펼쳤다. 특별 분양이라면서 며칠 전 아침 신문 속에 들어있었다. 마산시 외곽 읍면 지역에 대규모 아파트 단지를 조성한다고 선전했다. 모델하우스를 방문한 손님에게 화장지 1통을 선물한다는 문구가 눈에 띤다.

'코리아타운' 모델하우스는 어시장 수산물 경매장 근처에 자리했다. 구경꾼은 선전처럼 많이 없다. 모델하우스 내부는 봄꽃이 핀 것처럼 화사했다. 아파트 모형도가 설치된 공간의 벽에는 천장에서 바닥까지 이어진 선전 문구가 걸려있다.

-마산에서 이런 곳은 더 이상 찾을 수 없습니다.-

-최고의 삶의 공간을 선보입니다.-

-쾌적한 주거환경을 자랑합니다.-

천장이 높고 실내가 넓은 모델하우스 분위기에 주수는 괜히 기분이 우쭐해졌다. 아파트 건축지는 함안군과 마산시의 경계지역이다. 주수가 사는 댓거리와는 남북으로 반대 방향이다. 마산의 끝과 끝 지역이다.

아파트 단지 모형도에 주수가 다가가자 제복을 입은 키 큰 아가씨가 재빨리 모형도를 설명한다. 분양 신청을 받은 지 넉 달이 지났지만 아파트는 많이 남았다. 아파트 크기는 25

평부터 61평까지 7가지이다. 주수가 관심을 가진 33평 크기의 아파트는 화장실이 두 개다.

주수는 중앙에 난 커다란 계단을 올라 아파트 실내 구조를 살펴봤다. 모델하우스 창가에 바닷물이 출렁거린다. 주수는 창밖으로 목을 내밀었다. 부두에 정박한 커다란 배가 창문을 박차고 안으로 들어올 듯 가까이 있다. 주수는 모델하우스가 떠나기 싫어 천천히 거닐었다. 몸매가 늘씬하고 잘 생긴 제복의 아가씨가 그림자처럼 따라다닌다. 주수는 아파트 모델하우스를 처음 보았다. 화장지 한 통과 분양 설명서를 받아든 주수는 몇 번이나 모델하우스를 뒤돌아보며 집으로 돌아왔다.

"나는 이런 데 한 번 못 살아보고 죽는 줄 알았다."

모델하우스를 둘러본 주수의 아내가 울먹였다. 토요일 오후, 주수는 아내와 함께 '코리아타운' 모델하우스를 다시 방문했다. 화장실이 두 개인 서른 세 평짜리 아파트를 사기 위해서다.

주수는 자신을 바라보는 아내의 눈빛이 그렇게 슬픈 색인 줄 이제껏 몰랐다. 유럽풍 고품격 아파트 '코리아타운' 한 채를 아내의 이름으로 주수는 계약했다. 두 사람은 창가 긴 의자에 앉아 모델하우스 내부를 바라보며 커피 한 잔을 오랫동안 나누어 마셨다.

(3)

비 오는 날에도 주수는 갈 곳이 생겼다.

구입 계약을 한 아파트 모델하우스다. '코리아타운' 모델하우스는 꿈의 보금자리다. 이 년 뒤에 그림 같은 모형도가 내가 살 아파트가 된다. 주수는 모델하우스의 긴 의자에 앉아 실내를 바라보는 것만으로도 즐거웠다. 이층 창밖에는 바다가 거울처럼 누워있다.

일층 긴 의자에 주수는 다시 앉았다. 큰 눈을 치뜨며 주위를 둘러보던 주수가 읊조렸다.

"아파트는 고향이 될 수 없어."

무엇을 잃어버린 사람처럼 자리에서 일어나 주위를 서성이며 주수가 젖은 소리를 냈다.

"아파트는 고향이 될 수 없다!"

주수는 자판기에서 커피 한 잔을 뽑았다. 의사가 마시지 말라는 경고에도 주수는 커피를 야금야금 마셨다. 한 잔을 다 마시면 갑자기 죽을까 봐 주수는 커피 액을 미리 반쯤 부어버리고 나머지를 조금씩 마셨다.

'무엇을 해야 삶의 보람을 찾을 수 있을까?'

주수는 모델하우스 실내를 처음 온 사람처럼 둘러봤다. 아파트 모형도 앞에서 그렇게 기뻐하던 아내의 얼굴이 떠오른다. 주수는 자신도 모르게 웃음이 나왔다.

'신혼 때는 자신만만했지.'

주수는 커피 잔을 두 손으로 돌리듯 매만졌다. 창밖에서 뱃고동 소리가 모델하우스를 흔들 듯 크게 울린다. 뱃고동 소리에 심장의 불규칙한 진동이 느껴진다. 주수는 긴 의자에 조용히 앉았다. 아버지가 돌아가신 해에 주수는 응급실에 실려 갔다. 심장 이상이었다. 아내는 돌아서서 울었다. 그런 뒤로 주수는 자신의 맥을 짚는 버릇이 생겼다. 왼손 엄지손가락으로 오른 손목을 누르고 맥박을 세어본다.

'하나, 둘, 셋…'

맥박은 마음같이 안정적이지 않다. 주수는 심호흡을 하고 스스로 건강에 대해 위로한다.

'첫째는 의사국가자격시험에 합격했다. 삼 년 뒤에 둘째도 합격할 것이다.'

주수는 자신의 몸이 더욱 작아지는 느낌이 들었다. 커피는 아직도 남아있다.

커피 잔을 바라보던 주수가 벌떡 일어섰다.
커피 잔 바닥에 붙어있는 식어버린 커피를 한꺼번에 마시
고 집으로 향했다. 집에 도착한 주수는 아들들이 쓰다 남은
빈 노트를 챙겼다. 심호흡을 한 주수가 기도하듯 목을 빼고
노트 첫 장에 연필을 세웠다.

고향의 달빛

첫사랑 그녀
친구와 함께 떠났지만

창가에 달빛 흐르면
고향의 키 큰 소나무 아래 오솔길
셋이 함께 걸었네

주수는 단숨에 앞 구절을 써 내려갔지만 '첫사랑 그녀'를

사랑으로 표현할 것인지 우정으로 표현해야 할 것인지 망설였다. 그날부터 주수는 고향에 대한 시를 쓰기 위해 해안도로를 거닐었다. 시집이 완성되면 서옥에게 줄 것이다. 고향하면 서옥이 생각나는 것은 무엇 때문일까? 주수는 서옥을 그리며 미소를 지었다. 해안도로 끝에서 주수는 기지개를 켜고 돌섬을 바라보았다. 파도 소리가 친구들이 부르는 소리 같다.

추석이 닷새께나 남았는지 옆집 옥상에 생선이 속을 뒤집어 매달렸다. 주수는 글을 짓다말고 바깥에 눈길이 간다. 생선의 눈동자가 자신을 쳐다본다. 주수는 눈길을 돌렸다. 먼산을 향하던 눈길이 되돌아오면서 옆집 옥상의 생선 눈동자와 또 마주친다. 주수는 눈길을 피하지 않았다. 움직이지 않는 눈동자에서 생전의 모습이 살아나 측은하다.

주수는 이마에 두 손을 받치고 생각했다. 시집을 완성하면 서옥에게 직접 갖다 줄 것인지 우송할 것인지 갈등했다. 마음같이 생각나지 않는 시 구절을 뽑아내려 주수는 방 안을 서성거렸다. 보고 싶지 않은 옆집 옥상의 생선이 자꾸 눈에 걸린다. 그 때 주수의 전화벨이 울렸다. 이기정이다.

"올 추석에는 태풍이 온다는데?"

이기정이 일기예보를 전하며 약속 날짜를 잡기위해 서로의 일정을 교환했다. 명절 때면 두 사람이 으레 가지는 만남이다. 추석 이틀 전에 만나기로 두 사람은 약속했다.

(4)

추석을 이틀 앞둔 날 저녁이다.

태풍 '매미'는 남해 심천 마을을 거쳐 마산을 향하여 강하게 울어대며 질주한다. 찢어질 듯한 소리를 내며 창문 틈을 빠져나오는 태풍에 선분이 일어섰다.

"집에 가 봐야겠다."

서옥이 대답하지 않고 걱정보다 두려운 눈빛으로 선분을 쳐다본다. 선분이 가리던 나물거리를 언니에게 넘기고 손을 훔쳤다.

비바람이 천심상회 옛길 쪽 출입문을 움직일 수 없게 밀어붙인다.

선분은 우의를 둘러쓰고 큰길 쪽 출입문으로 돌아나갔다. 비 보다 바람이 더 강하다. 전깃줄이 쉴 새 없이 비명을 지른다. 선분은 두 손으로 우의를 감싸 잡고 웅크렸다. 몸을 옆으로 하여 담에 붙어 걸음을 옮겼다.

　동네 사람들은 저녁을 먹고 큰방에 모여 있는지 아무도 보이지 않는다. 선분은 태풍에 가로등이 떨어질까 봐 겁이 났다. 마을의 느티나무가 무성한 가지로 땅을 쓸며 회오리친다. 긴 머리를 풀어헤친 미친 여자의 알 수 없는 몸짓 같다.

　느티나무의 그늘진 어둠을 벗어난 선분이 한숨을 쉬고 고개를 들었다. 어머니가 기다릴 것 같은 착각에 빠진다. 바람소리가 귀를 찢어지게 우는 한여름의 매미 울음소리 같다. 키 큰 소나무에 매달린 가로등빛이 흔들리며 자신을 향해 다가온다.

　선분은 집 대문 앞에 섰다. 신발에 묻은 황토를 털기 위해 발을 굴렀다. 이 때 선분의 등 뒤에서 섬광과 함께 가슴을 찢는 천둥소리가 들렸다. 선분이 놀라 소리 나는 쪽으로 고개를 돌렸다.

　"어—억!"

　선분이 두 손으로 하늘을 떠받치며 외마디 소리를 질렀다. 키 큰 소나무 한 그루가 선분을 향해 쓰러진다. 불이 몸에 붙어 고통을 못 이겨 발버둥치는 사람 같다. 두려움에 선분은 꼼짝도 못하고 숨을 죽였다. 쓰러지는 키 큰 소나무 한 그루가 가로등을 안고 머리를 땅에 쳐 박는다. 전깃줄에서 바늘

같은 불꽃이 튄다. 전깃줄을 감고 쓰러진 소나무에 끌려가지 않으려고 나머지 소나무가 전깃줄을 당기며 하늘을 향해 불바늘을 쏟아낸다.

"아—아!"

선분은 자신도 모르게 두 주먹을 불끈 쥐었다. 불 바늘을 뒤집어 쓴 두 소나무가 끌려가지 않으려고 서로 잡아당긴다. 전깃줄에서 불 바늘이 폭죽처럼 튀어 오른다. 찢어지는 소리를 내면서 서로 잡아당기던 두 그루 소나무가 어깨동무하듯 기어이 쓰러진다. 선분은 자신도 모르게 소리 지르며 합장했다.

이기정과 주수가 만나기로 약속한 추석 이틀 전 저녁때다.

남부 시외주차장 길 건너 골목 통술집에 두 사람이 마주 앉았다. 흐린 날씨에 저녁이 빨리 온 듯 주위가 어둡다. 일기예보에는 태풍이 추석 하루 전 날 온다고 방송했다. 통술집 여주인이 때 이른 손님에게 마죽을 먼저 올려놓는다.

이기정이 주수의 잔에 술을 채운다. 주수도 이기정의 잔에 술을 채웠다. 부침 부치는 소리와 냄새가 실내에 넓게 퍼진다. 두 사람은 술잔을 마주치고 잔을 비웠다. 삶은 땅콩을 까먹는 두 사람은 저녁을 먹지 않았다. 오늘따라 이기정의 기분이 좋다. 청주 두 잔에 벌써 목소리가 천장을 찌른다.

"이런 날 통술집이 뭡니까? 오늘 내가 멋지게 한 잔 사겠습니다."

이기정이 큰 소리로 이번 인사 발령에서 자신이 사무관으로 진급되었음을 알렸다. 축하한다고 술잔을 높이 들었지만 주수는 머무적거렸다. 이차 술값을 계산할 능력이 자신에게 모자랐다. 이기정의 재촉으로 일차 술자리는 일찍 끝났다.

주수는 이기정의 행동을 만류하지 못하고 따라 일어섰다. 호기롭게 소리치던 이기정이 통술집 출입문을 열다 말고 머뭇거렸다. 반쯤 열린 출입문으로 비바람이 거친 소리를 내며 밀어닥친다. 일기예보에 태풍은 내일 온다고 했다. 마음이 들뜬 이기정이 주수를 이끌고 빗속을 앞장섰다.

얼굴을 숙이고 손으로 비바람을 막아보지만 두 사람의 머리카락은 금시 주저앉았다. 이기정은 '똑소리' 노래주점으로 뛰어갔다. 노래주점은 통술집에서 오십 보도 안 되는 거리다. 똑소리 노래주점은 지하 1층이다.

두 사람은 지하계단 입구에서 마주보고 매무시를 했다. 벌써 구두에 물이 들어 축축하다. 빗줄기가 골목에 커튼을 친 듯 쏟아진다. 노래 주점의 네온사인은 지하 계단을 붉게 물들였다. 빗줄기를 보고 망설이는 주수를 이기정이 지하로 끌어당긴다.

여덟 시도 안 된 초저녁이다. 노래 주점은 조용하다. 첫 손님을 맞이하는 주점 여사장이 기쁨을 감추지 않는다. 이기정이 몸을 흔들며 여사장과 괜히 부딪친다.

두 사람은 입구 왼쪽 두 번째 방에 안내되었다. 맥주가 먼저 들어왔다. 안주를 기다리는 사이 이기정이 술잔을 채워 높이 든다. 노래방 기계는 호롱불 같은 조명아래 소리 없이 벽에 붙어있다. 이기정이 술잔을 단숨에 비우고 일어섰다. 주수에게 마이크를 건네고 이기정은 유흥 도우미의 출근을 재촉하려 노래방 밖으로 나갔다.

주수는 돋보기를 쓰고 자신의 애창곡 번호를 찾으려 노래 책을 뒤졌다. 비닐에 싸인 책장이 서로 달라붙어 잘 떨어지지 않는다. 주수는 '굳세어라 금순아'의 번호를 연주기에 심었다. 시작 버튼을 누르자 꽉 막힌 노래방을 뚫고 나갈 듯 전주가 튀어나온다.

이기정은 입구 카운터로 다가갔다. 여사장이 전화를 하면서 이기정에게 기다려달라는 투의 손짓을 했다. 그 때 이기정이 고함을 치며 옆으로 비켜섰다.

"앗 물이다!"

이기정의 고함에 여사장이 조용히 하라며 자신의 입에 손가락을 댄다. 이기정이 다시 고함을 쳤다.

"홍수다. 홍수."

이기정이 반사적으로 출입구 계단을 뛰어오른다. 바닷물이 계단으로 쏟아진다. 주수의 노래방에서 쿵쿵하는 반주 음이 청진기에 심장 뛰는 소리같이 통로를 따라 울려 나온다. 이기정은 물에 대한 공포감에 마음과 달리 몸은 물 밖으로 향하고 있었다.

오랫동안 그리워하던 친구를 만난 듯 밤 골목을 싸돌던 바닷물이 순식간에 노래방 지하공간을 채워버렸다. 허우적거릴 사이도 없이 물에 떠오른 이기정이 출입구 난관을 붙잡고 고함을 질렀다.

"강 기사님!"

강 기사는 주수의 공무원 때 호칭이다. 주수의 노래는 아직 끝나지 않았다. 목을 놓아 부르는 주수의 노랫소리가 비바람 소리와 함께 이기정의 귀를 찌른다.

그날 밤 댓거리 매립지는 바닷물의 놀이터가 되었다.

그 옛날 파도가 출렁이던 까치산 아래까지 바닷물이 모여들었다. 부둣가에 쌓였던 베어 진 원목들은 삼삼오오 무리지어 댓거리를 누볐다. 사람들이 매립지에 제일 먼저 지은 진달래 1차 아파트 두 동은 바닷물에 중심을 잃었다. 추석 전날 올 것이라고 예상했던 '매미'가 향수를 이기지 못해 태풍 같이 하루 빨리 고향을 찾은 것이다.

다음 날 아침은 고요했다.

주수의 시신은 간조 때에 노래방 밖으로 나왔다. 장례식은 추석 다음 날 치러졌다. 장지는 남해군립 공원묘원이다. 천심상회 앞 옛길에서 노제가 이루어졌다. 주수의 영정이 옛길 천심상회 평상에 놓여졌다. 주수는 커다란 눈동자로 태풍에 부러진 키 큰 두 그루 소나무를 바라보았다.

서옥은 추석빔을 걸친 귀서의 손을 잡고 주수의 영정 앞에 나란히 섰다.

향불 아래에는 땅콩과자 한 봉지와 깡통맥주 하나를 차렸다. 서옥이 귀서에게 큰절을 시켰다. 서옥도 성호를 긋고 한참을 엎드렸다. 몰래 삼킨 그리움이 눈물이 되어 한여름 심천 내처럼 서옥의 뺨을 타고 흐른다. 커다란 눈을 치뜨며 귀서가 엄마를 바라본다. 선분이 고개를 돌리며 눈물을 뿌린다.

태풍이 지나간 하늘은 앞뒤를 생각할 수 없이 얄미우리만큼 맑다. 운구차가 심천교를 지나간다. 서옥의 머리카락과 마르지 않은 눈물이 햇빛에 은색으로 반사된다. 엄마의 손을 잡고 운구차를 바라보던 귀서가 서옥에게 묻는다.

"누구야?"

귀서의 커다란 눈동자를 쳐다보며 서옥이 대답했다.

"아빠다!"

귀서의 눈동자가 햇빛에 유리구슬처럼 반짝인다. 창선도 앞바다의 물빛이 망운산을 감싼 하늘빛과 똑같다.

–주수의 미완성 된 시집은 그의 아내가 완성시켜 출간하고 서옥에게도 보냈다.

영원한 선물

전수일 지음

발 행 처 · 도서출판 청어
발 행 인 · 이영철
영   업 · 이동호
홍   보 · 천성래
기   획 · 남기환
편   집 · 방세화
디 자 인 · 이수빈 | 김영은
제작이사 · 공병한
인   쇄 · 두리터

등   록 · 1999년 5월 3일
(제321-3210000251001999000063호)

1판 1쇄 발행 · 2021년 4월 20일

주   소 · 서울특별시 서초구 남부순환로 364길 8-15 동일빌딩 2층
대표전화 · 02-586-0477
팩시밀리 · 0303-0942-0478

홈페이지 · www.chungeobook.com
E-mail · ppi20@hanmail.net
I S B N · 979-11-5860-941-2(03810)